JAMES BOND
à l'écran :

JAMES BOND CONTRE Dr NO
réalisé par Terence Young en TECHNICOLOR

BONS BAISERS DE RUSSIE
réalisé par Terence Young en TECHNICOLOR

GOLDFINGER
réalisé par Guy Hamilton en TECHNICOLOR

3 films produits par Harry Saltzman
et Albert Broccoli et distribués
par les Artistes Associés avec
Sean Connery dans le rôle de
James Bond

IAN FLEMING

JAMES BOND CONTRE Dr. NO

Traduit de l'anglais par Françoise **THIRION**

PLON

Cet ouvrage a paru en langue anglaise
sous le titre :

« Dr NO »

DU MÊME AUTEUR :

I

Comme tous les soirs à six heures le soleil sombra dans une dernière flaque de feu, derrière les Montagnes Bleues. L'ombre violette descendait sur Richmond Road, et dans les jardins bien peignés on n'entendait que le chant des grenouilles et le crissement des cigales.

Seul le bourdonnement des insectes emplissait la large avenue déserte. Les propriétaires des luxueuses maisons — banquiers, directeurs de Compagnie, hauts fonctionnaires — étaient tous rentrés chez eux depuis cinq heures et bavardaient en famille, prenaient une douche ou se changeaient. Dans une demi-heure la rue s'animerait de nouveau, au moment des cocktails. Mais, pour l'instant, ce petit espace d'un kilomètre que les négociants de Kingston appellent « Rich Road » n'était qu'une scène vide où flottait le parfum entêtant du jasmin.

Richmond Road, à la Jamaïque, c'est Park Avenue à New York, Kensington Palace Gardens à Londres ou l'avenue Foch à Paris. La haute société de Kingston y vit dans de grandes demeures à l'ancienne, entourées d'un beau gazon un peu trop bien tondu peut-être, au milieu d'arbres rares et de fleurs dignes du Jardin Botanique de Hope. La longue avenue rectiligne, soigneusement ombragée, contraste avec le reste de la ville, chaude, grouillante et vulgaire, où pourtant les élégants habitants de Rich Road ne dédaignent pas d'aller gagner leur argent. Pour finir en beauté, au haut de l'avenue s'étend le parc de King House, où vit le Gouverneur et commandant en chef de la Jamaïque.

Au numéro 1 s'élève une imposante maison de deux étages, aux larges vérandas peintes en blanc. Une allée de gravier conduit au porche à colonnes, en longeant de belles pelouses, bordées de courts de tennis que ce soir-là, comme tous les soirs, de jeunes noirs étaient en train d'arroser. C'est la Mecque sociale de Kingston, le *Queen's*

Club. Depuis cinquante ans s'y réunit une élite, fière de son pouvoir et fort jalouse de ses privilèges.

Il est peu probable que de telles retraites puissent défier longtemps encore la Jamaïque moderne. Un jour, on jettera des pierres dans les vitres du *Queen's Club,* ou l'on y mettra le feu. En attendant, c'est un endroit bien agréable à connaître, dans une île subtropicale. L'accueil et le service y sont parfaits, la cave et la cuisine passent pour les meilleures des Caraïbes.

Le long du club stationnaient, comme presque tous les jours à cette heure, quatre voitures. Elles appartenaient à quatre enragés bridgeurs qui jouaient ponctuellement tous les soirs, de cinq heures à minuit environ. On aurait pu régler sa montre sur ces voitures. Dans l'ordre, il y avait celle du général chargé de la défense des Caraïbes, celle du plus éminent avocat de Kingston, et celle du professeur titulaire de la chaire de Mathématiques à l'Université. La dernière était la Sunbeam noire du commandant John Strangways, officier en retraite de la Royal Navy, responsable du contrôle régional, ou, pour parler clair, représentant local du Service Secret britannique.

Juste avant six heures et quart, le calme

presque surnaturel de Richmond Road fut soudain troublé par un bruit de cannes. Trois mendiants aveugles tournèrent le coin de la rue et se dirigèrent lentement vers les quatre véhicules arrêtés. C'était des nègres métissés de chinois, des hommes lourds au visage inexpressif. Le dos courbé, ils martelaient le sol de leur canne blanche. Ils marchaient à la file. Le premier, qui guidait ses compagnons, portait des lunettes à verres bleutés et dans la main une sébille où tintaient quelques pièces. Le suivant s'appuyait à l'épaule du premier, et le dernier, à l'épaule du second. Leurs yeux étaient clos. Tous étaient en haillons et coiffés de casquettes de base-ball sales, à longue visière. Ils ne parlaient pas et seul le bruit de leurs bâtons signalait leur présence. Dans Kingston même, où l'on rencontre souvent des infirmes, ils auraient passé inaperçus. Mais, dans cette rue élégante et déserte, il se dégageait de ces hommes une indéfinissable sensation de malaise. Trois nègres chinois ensemble, c'était curieux, car le mélange de ces deux sangs n'est pas fréquent.

Dans la salle de jeu, la partie allait bon train. La main brunie de John Strangways laissa tomber les dernières cartes.

— Cent d'honneur, annonça-t-il, et quatre-vingt-dix en bas.

Il regarda sa montre et se leva.

— Je reviens dans vingt minutes, dit-il. A vous de faire, Bill. Commandez, c'est ma tournée. Pour moi, la même chose que d'habitude. Et n'essayez pas de me mitonner une main bidon pendant que j'ai le dos tourné. J'ai du flair, pour ce genre de choses !

Bill Templar, le général, partit d'un rire sonore.

— C'est bon, dit-il, mais dépêchez-vous. Vous avez le chic pour laisser refroidir les cartes quand votre partenaire est en veine.

Strangways était déjà à la porte. Le serveur noir entrait. Les trois hommes commandèrent des boissons, et un whisky à l'eau pour Strangways.

C'était tous les soirs la même histoire. Ponctuellement, à six heures et quart, Strangways se levait avec un geste d'excuse, fût-on au milieu d'une donne. Il avait un coup de téléphone urgent à donner à son bureau. Strangways était un garçon charmant et un joueur redoutable. Aussi ses partenaires toléraient-ils, bon gré mal gré, ces interruptions quotidiennes. Il n'avait jamais fourni la moindre explication à ce sujet.

Ses amis, qui savaient vivre, ne lui en

avaient d'ailleurs demandé aucune. Il était rarement absent plus de vingt minutes et il était tacitement convenu que, pour se faire pardonner, il payait une tournée générale.

En attendant Strangways, autour de la table de bridge on parlait courses, avec passion.

-:-

A la vérité, cette absence journalière correspondait au moment le plus important de la journée de Strangways. C'était l'heure de son contact radio avec le puissant émetteur qui se trouve fixé sur le toit du quartier général de Regent's Park, siège londonien des Services de Renseignements.

A six heures trente précises, heure locale, notre homme transmettait son rapport quotidien et recevait les ordres de Londres. Il en était ainsi tous les jours, sauf lorsqu'il avait averti qu'il devait se rendre dans une des autres îles de son « territoire », ou lorsqu'il était vraiment malade, ce qui n'était jamais arrivé.

En cas de non-réponse à six heures et demie, Londres émettait un second appel à sept heures, l'appel dit « bleu ». S'il n'y avait toujours rien, un dernier appel était lancé à sept heures trente, l'appel « rouge ».

Après cela, le silence persistant était automatiquement considéré à Londres comme un signal d'alerte. La section III, dont Strangways dépendait, se mettait en branle pour savoir ce qui était arrivé à son agent.

A moins d'une excuse indiscutable, l'appel « bleu » est déjà mal noté. Le réseau radio de Londres est extrêmement chargé, et chaque agent tenu à une ponctualité rigoureuse. Est-il besoin de dire que Strangways n'avait jamais eu recours au « bleu » ni au « rouge », et qu'il était bien décidé à bannir à tout jamais ces couleurs de son arc-en-ciel ?

Il quittait tous les soirs le *Queen's Club* à six heures et quart, sautait dans sa voiture, regagnait sa maison située au pied des Montagnes Bleues, d'où l'on jouit d'une vue incomparable sur la baie de Kingston. A six heures vingt-cinq, il traversait le hall, pénétrait dans son bureau et refermait la porte à clef derrière lui. Miss Trueblood, qui passait pour sa secrétaire et qui était en réalité son bras droit, ancien officier, elle aussi, était déjà assise devant l'émetteur, casque aux oreilles, transmettant l'indicatif WXN, sur quatorze mégacycles, un bloc de sténo sur ses jolis genoux ronds. Strangways s'asseyait à côté d'elle, coiffait la seconde paire d'écouteurs, prêt pour le contact. A six heures vingt-huit précises, Strangways remplaçait Miss Trueblood et attendait le creux, si particulier sur les ondes, qui annonçait que Londres allait répondre.

Routine quotidienne, routine de fer, qui convenait parfaitement au caractère de Strangways. C'était un homme grand, maigre et brun, avec une tache brune au-dessus de l'œil droit. Le type d'homme au regard d'aigle qu'on s'attend à rencontrer sur le pont d'un cuirassé.

Il traversa le hall du *Queen's Club*, en poussa les portes, finement grillagées à cause des moustiques, et descendit les trois marches qui menaient à l'allée. Quand il sortit, Strangways était tout au plaisir, quasi sensuel, que lui avait procuré la dernière donne. Il avait distillé ses trois piques d'une façon entièrement satisfaisante pour l'esprit. L'air devenait plus frais. Une légère brise se levait. L'affaire dont il s'occupait depuis quinze jours, sur l'ordre du grand patron « M », allait bon train. Il avait eu la chance inespérée de recueillir un tuyau précieux dans la colonie chinoise de Kingston. « Drôle d'histoire ! » songeait Strangways, en quittant l'allée pour entrer dans Richmond Road. Si ses informations se confirmaient, il pouvait être entraîné dans une sale affaire.

Il haussa les épaules. Il ne se passe jamais rien d'extraordinaire à la Jamaïque. Ç'allait encore être une histoire qui finirait en queue de poisson. Comme d'habitude !... Quelle foi peut-on ajouter au témoignage d'un Chinois plus ou moins hystérique ?

Il remarqua les trois mendiants aveugles qui marchaient devant lui, et, calculant qu'il les croiserait une seconde ou deux avant d'atteindre sa voiture, il chercha de la monnaie au fond de sa poche. Il tâta la pièce et sortit un florin. Il était maintenant à la hauteur des trois mendiants. « Tiens ! trois nègres chinois ! Comme c'est drôle ! »

La pièce tinta dans la sébille.

— Dieu vous bénisse, monsieur, dit le premier.

— ... vous bénisse, murmurèrent les deux autres, en écho.

Strangways avait à la main sa clef de contact. Tout à coup il lui sembla que, derrière lui, le bruit des cannes des trois hommes s'était tu. Il était trop tard. Ils tenaient tous les trois un revolver, muni d'un silencieux en forme de saucisse. Ils s'écartèrent pour ne pas se gêner. L'un visa au cœur, l'autre au ventre, le dernier entre les épaules. Les trois revolvers toussèrent en même temps.

Le corps de Strangways fut projeté en une

dernière détente, comme s'il avait reçu un coup de pied. Puis il s'immobilisa, dans la poussière un instant soulevée de la contre-allée.

Il était six heures dix-sept. Dans un hurlement de pneus, un corbillard orné de plumes noires aux quatre coins vint s'arrêter près des trois hommes. Derrière, les portes à doubles battants étaient ouvertes. Les trois hommes jetèrent le corps de Strangways à l'intérieur et montèrent. Ils refermèrent les portes, mirent le cadavre dans le cercueil béant et s'assirent sur les sièges qui entouraient la bière. Hâtivement ils se débarrassèrent de leurs haillons et passèrent des manteaux d'alpaga noir. Trois chapeaux haut de forme remplacèrent les casquettes de base-ball.

— Vas-y! Qu'est-ce que tu attends? dit le plus grand des tueurs au conducteur, qui était également sang-mêlé.

Et il jeta un coup d'œil au cadran lumineux de sa montre. Six heures vingt. Trois minutes seulement pour faire le travail! On était exactement dans les délais prévus.

Le corbillard décrivit un demi-cercle majestueux; et, à trente à l'heure, avec ses plumes noires mollement balancées par la brise du soir, avec ses trois pleureurs aux mains benoîtement croisées sur la poitrine, en signe de deuil, il prit la route des collines.

—:—

WXN appelle WWW... WXN appelle WWW... WXN...

Le doigt rose de Mary Trueblood effleurait la touche du poste émetteur.

Six heures vingt-huit. Il avait une minute de retard... Mary Trueblood sourit, en pensant au petit bolide noir qui, certainement, dévalait la côte. Strangways allait entrer. Elle entendrait son pas rapide. Il se pencherait vers elle avec un sourire d'excuse, en prenant le casque.

— Pardon, Mary, dirait-il, la voiture ne voulait pas démarrer...

Ou :

— Depuis le temps, je pensais que la Police connaissait le numéro de ma Sunbeam. Pensez-vous ! Ils m'ont arrêté à Half Way Tree, pour vérification de papiers.

Mary Trueblood sortit le second casque pour gagner une minute. Elle émettait toujours :

— WXN appelle WWW... WXN appelle WWW.

Sa montre marquait six heures vingt-neuf.

Elle commença à s'inquiéter vraiment. Dans quelques secondes, elle aurait Londres. Mon Dieu! Qu'allait-elle faire si Strangways n'arrivait pas? Elle savait qu'il était inutile et dangereux de se substituer à lui pour envoyer le rapport journalier. Le service de sécurité écoutait tous les appels, et chaque agent a une manière personnelle d'émettre; une écriture, en quelque sorte. Il y a des instruments précis qui détectent les particularités de chacun, sa « forme de frappe », et qui sont capables de déceler immédiatement une main étrangère.

Cinq ans plus tôt, avant le départ de Mary pour la Jamaïque, le chef du service de contrôle lui avait montré une véritable forêt de machines, dont les noms en « mètres » lui avaient causé un respectueux effroi. On lui avait expliqué que le contact-radio est automatiquement brouillé si on ne reconnaît pas l'agent émetteur. C'est une précaution de base, pour le cas où l'émetteur viendrait à tomber aux mains d'un ennemi. Et si un agent est pris et obligé d'appeler Londres sous la torture, il n'a qu'à modifier imperceptiblement son toucher, pour avertir le service, aussi infailliblement que s'il émettait en clair.

Ça y était! Londres appelait...

Des pas dans le hall... Enfin, il était là ! Il ne s'agissait que de gagner quelques secondes.

— WWW appelle WXN... WWW appelle WXN... M'entendez-vous ? demandait Londres.

Les pas arrivaient à la porte.

Mary Trueblood émit calmement :

— Ici WXN... Ici WXN... Je vous entends parfaitement.

Derrière, il y eut un bruit d'explosion. Un objet dur vint la frapper à la hanche : la serrure de la porte. Elle se retourna, exorbitée. Un homme se tenait à l'entrée du bureau. Ce n'était pas Strangways, mais un grand nègre à la peau jaune, aux yeux en amande. Dans sa main luisait un revolver.

Mary Trueblood ouvrit la bouche pour hurler. L'homme avait un sourire lointain, énigmatique. Lentement, amoureusement, il visa et tira trois balles dans le sein gauche. La jeune fille glissa de sa chaise comme une poupée molle. Une seconde encore, on entendit dans la pièce le bourdonnement de l'appel de Londres. Puis tout se tut.

Dans la salle de contrôle, à des milliers de kilomètres, un homme jura :

— Nom d'un chien ! Qu'est-ce qu'ils peuvent bien foutre ?

Telle fut l'oraison funèbre de John Strangways et de Mary Trueblood.

Déjà le tueur posait sur le sol une boîte dont l'étiquette de couleur portait la mention : « PRESTOFEU ». Puis il enfourna le corps de Mary Trueblood dans un grand sac de toile. Comme les pieds dépassaient, il s'agenouilla et replia les jambes dans le sac, avant de charger sur son dos le lourd fardeau. Il le jeta dans l'entrée et revint dans le bureau. Il vit les livres de code, destinés aux communications avec Londres. Il en fit une pile, avec tous les autres papiers qu'il put trouver, et les déposa près de la boîte de « Prestofeu ». Méthodiquement, il déchira les rideaux, les joignit au reste et couronna le tout par deux chaises. Puis il alluma un joli petit feu de joie. Il parcourut le reste de la maison et en fit autant aux points stratégiques. Enfin, avec la satisfaction du devoir accompli, il sortit, emportant ce qui restait de Mary Trueblood.

A demi caché par un buisson d'hibiscus, le corbillard attendait docilement. La nuit tombait, animée seulement par le crissement entêtant des cigales et par le ronronnement doux du moteur. Sur la route, il n'y avait absolument personne. Le grand Chinois se retourna. Le hall était rempli de fumée. Pour activer le feu, il laissa la porte grande ouverte.

Il tendit le sac à ses deux acolytes. Ils le firent entrer à grand-peine dans le cercueil qui contenait déjà le corps de Strangways. L'homme se hissa à son tour et referma les portes derrière lui.

Avec un soupir d'aise, il se laissa tomber sur le siège et remit son chapeau haut de forme. Dignité avant tout !

Les premières flammes sortaient des chambres du haut. Sans se presser, le conducteur du corbillard embraya, sortit du petit chemin de traverse et mit le cap sur le Réservoir Mona.

Là, par cent mètres de fond, reposerait le lourd cercueil.

En quarante-cinq minutes exactement, le personnel du Service Secret anglais et toutes ses archives avaient été supprimés. La station Caraïbes ne répondrait plus.

II

Trois semaines plus tard, le mois de mars fit à Londres une entrée fracassante. Depuis l'aube du premier mars, un ouragan de grêle, assorti d'une pluie glacée et d'un vent violent, cinglait les malheureux qui, dans leurs imperméables ruisselants, rasaient les murs en se rendant à leur travail.

Il faisait un temps de chien, comme on dit, et « M » lui-même, qui daignait rarement s'apercevoir de ce genre de détail, en fit la remarque, en descendant de sa vieille Rolls noire sans numéro d'immatriculation, devant le grand immeuble de Regent's Park. Il reçut la grêle en pleine figure, comme une décharge de chevrotine.

Néanmoins, au lieu d'aller vite se mettre à couvert, il fit dignement le tour de la voiture et se pencha vers son chauffeur :

— Vous pouvez rentrer à la maison, Smith. Ce soir, je prendrai le métro. Ce n'est pas un temps de chrétien, pour conduire une voiture.

— Oui. Oui, Monsieur. Et merci bien.

Smith, ancien chef de chauffe de la marine de Sa Gracieuse Majesté, sourit avec attendrissement, en regardant « M » s'éloigner au pas de parade sous la pluie glacée. C'était bien son genre !... Smith embraya et passa en première. Il se pencha pour scruter son pare-brise ruisselant. « Des hommes pareils, on n'en fait plus », soupira-t-il.

Trempé comme une soupe, « M », le chef des Services de Renseignements anglais, entra dans son bureau. C'est seulement lorsque la porte se fut refermée sur lui qu'il tira un grand mouchoir de soie bleue pour s'essuyer la figure. Pour un empire, il ne l'aurait pas fait devant le portier, ni devant le liftier. Puis, présentable de nouveau, il s'assit à son bureau et pressa le bouton de l'interphone.

— Je suis là, miss Moneypenny, dit-il. Envoyez-moi les dépêches et appelez-moi Sir James Molony. A cette heure-ci, il doit être à l'hôpital Sainte-Mary. Autre chose. Je verrai 007 dans une demi-heure. Auparavant, ayez l'obligeance de m'apporter le dossier Strangways.

« M » entendit un « Bien, Monsieur ! » métallique et lâcha le bouton.

Il prit sa pipe et commença à la remplir, selon un rite familier. A l'arrivée de sa secrétaire, il ne leva pas la tête et n'accorda pas un regard à la demi-douzaine de dépêches qu'elle déposait respectueusement devant lui. Il savait parfaitement qu'on l'aurait prévenu dans la nuit si quoi que ce soit d'important s'était produit.

Un des téléphones bourdonna.

— C'est vous, Sir James ?... Pouvez-vous m'accorder cinq minutes ?

A l'autre bout du fil, le célèbre neurologue eut un rire discret :

— Même six, pour vous... Vous voulez que j'examine séance tenante un des ministres de Sa Gracieuse Majesté ?

— Pas ce matin, dit « M », sans l'ombre d'un sourire.

Il était de la vieille école et n'aimait pas ce genre de plaisanterie. Il reprit néanmoins, fort courtoisement :

— J'aimerais avoir votre opinion sur celui de nos employés, peu importe son nom, qui est sorti hier de votre hôpital. Vous voyez à qui je fais allusion ?

Il y eut un court silence.

— Parfaitement, dit enfin Sir James.

La voix était maintenant toute professionnelle :

— Physiquement, enchaîna-t-il, il est en pleine forme. Sa jambe est tout à fait cicatrisée. Je crois sincèrement qu'il est tiré d'affaire. Mais si vous avez l'intention de lui confier une nouvelle mission, je vous en prie, ménagez-le. Il a tout de même été très éprouvé.

— C'est pour cela qu'on le paie, dit « M » d'un ton bourru... Enfin quoi, est-il sur pied, oui ou non ?

— Mon cher, dit Sir James, les choses ne sont pas aussi simples. La douleur, son seuil, ses effets, ses limites, sont encore mal connus. Il est très difficile d'évaluer la souffrance d'une femme qui accouche ou d'un homme atteint de coliques néphrétiques. Grâce à Dieu, le corps humain paraît avoir une faculté d'oubli étonnante. Mais ne vous y trompez pas, votre agent a réellement enduré des épreuves peu communes. Bien sûr, il n'a rien de cassé. Mais, si vous m'en croyez...

— Je vois, je vois, dit « M » avec une pudeur virginale...

Quoi qu'il en soit, Bond avait commis une erreur; il était normal qu'il l'eût payée cher. Ce n'était pas Sir James Molony qui allait apprendre à « M » à diriger ses agents. Il avait cru déceler une pointe de reproche dans la voix du célèbre médecin...

— Au fait, sir James, avez-vous jamais entendu parler du Docteur Peter Steincrohn ?

— Non, jamais.

— C'est un médecin américain qui vient de publier un ouvrage sur la résistance du corps humain. On y trouve, entre autres, la liste des parties du corps dont l'homme peut éventuellement se passer. Je l'ai recopiée, à titre documentaire. Je vous lis : vésicule biliaire, rate, amygdales, appendice, un des deux poumons, un rein, deux cinquièmes du sang, deux cinquièmes du foie, la plus grande partie de l'estomac, un mètre vingt-cinq d'intestin et la moitié du cerveau. Qu'en pensez-vous ?

— Je m'étonne, dit Sir James d'une voix glaciale, que votre auteur n'ait pas ajouté les deux bras et les deux jambes... Broutille, en vérité. Enfin, cher ami, où voulez-vous en venir, et que cherchez-vous à prouver ?

— Simplement qu'en définitive notre

homme s'en est fort bien tiré... En fait, ajouta-t-il d'un ton plus doux, je n'avais pas l'intention de le charger d'une affaire difficile, rassurez-vous. C'est presque une cure de repos que je vais lui proposer. Deux de nos agents ont disparu à la Jamaïque. Un homme et une femme. Tout indique qu'ils sont partis ensemble. Je voudrais tout de même avoir confirmation du fait. Vous voyez que ce n'est pas bien méchant.

— Dans ce cas, je m'incline, dit Sir James. Ne croyez pas que je veuille me mêler de ce qui ne me regarde pas, mais il y a des limites au courage de l'homme. Je sais que vous devez mener ces hommes sans faiblesse. Mais je ne pense pas que vous souhaitiez les voir craquer au mauvais moment. Celui dont nous parlons est fort et dur. Je suis sûr qu'il travaillera encore longtemps pour vous. Mais vous vous souvenez de ce que Moran dit du courage ?

— Souviens pas.

— Il dit que le courage est un capital qui fond à mesure qu'on le dépense. Je suis de cet avis. Et votre homme n'a cessé de gaspiller son capital depuis la guerre. Pensez-y. Il n'est pas au bout du rouleau, mais il y a des limites.

— C'est juste, coupa « M », décidé à en

finir. Je l'envoie donc se reposer au soleil de la Jamaïque. Ne vous inquiétez pas. Au fait, avez-vous découvert avec quelle drogue cette Russe l'avait empoisonné?

— J'ai eu la réponse hier, dit Sir James, pas mécontent non plus de changer de sujet.

Le vieux « M » était aussi pénible que le temps qu'il faisait. Avait-il compris?...

— Il nous a fallu trois mois, enchaîna-t-il. On peut faire confiance aux Russes, pour employer un poison dont personne n'a jamais entendu parler. Il s'agit du *fugu*, dont le nom scientifique est tétrodotoxine. On l'extrait des organes de reproduction d'un poisson japonais. Les Japonais emploient d'ailleurs ce poison pour se suicider. Les effets en sont sensiblement les mêmes que ceux du curare. Paralysie rapide du système nerveux. En quelques secondes, les muscles de l'appareil moteur et respiratoire sont paralysés. D'abord la victime voit double, ensuite elle ne peut garder les yeux ouverts. Immédiatement après, elle ne peut plus avaler; sa tête tombe; et elle succombe à une paralysie respiratoire.

— Si je comprends bien, Bond a eu de la chance, de s'en tirer vivant.

— En effet, c'est un véritable miracle. Il ne doit la vie qu'à la présence d'esprit du Français qui était avec lui. Le Français l'a allongé immédiatement et lui a fait la respiration artificielle, jusqu'à l'arrivée du médecin. Second miracle, le docteur avait travaillé en Amérique du Sud et il a pensé à l'empoisonnement au curare. Il y avait une chance sur un million pour que cela se produisît... Au fait, qu'est-il arrivé à la femme russe ?

— Elle est morte, dit « M » de sa voix la plus suave. Eh bien, je vous remercie infiniment, Sir James. Et soyez tranquille, je ne martyriserai pas votre patient. Au revoir.

Ayant dit, « M » raccrocha et expédia rapidement les affaires courantes. Bientôt il ne resta plus devant lui qu'un dossier beige, marqué de l'étoile rouge « ultra-secret ». La couverture portait en capitale : STATION CARAIBES, et dessous, en italique, *Strangways et Trueblood*.

Une lumière s'alluma à l'interphone.

— 007 est là, monsieur, dit la voix de miss Moneypenny.

— Qu'il entre. Vous introduirez le maître-armurier dans cinq minutes, je vous prie.

« M » se redressa et alluma sa pipe. Ses yeux étaient fixés sur la porte, attentifs, impitoyables.

James Bond entra et s'assit.

— Bonjour, 007, dit « M » froidement.

— Bonjour, monsieur, dit Bond.

Le silence tomba. « M » tirait sur sa pipe avec frénésie. Bond attendait, parfaitement calme en apparence. Mais combien il avait souhaité et redouté à la fois ce moment ! Pendant les mois où il était allé d'hôpital en hôpital, pendant les interminables semaines de convalescence, où, patiemment, il avait rééduqué son corps, il n'avait pensé qu'au jour où, de nouveau, il s'assiérait en face de « M ». Cela voulait dire qu'il était redevenu un homme.

Les yeux gris et froids de « M » le détaillaient sans indulgence. « M » l'avait-il convoqué pour lui signifier son mécontentement, au sujet de la dernière imprudence de Bond, qui avait failli lui être fatale ? Ou, pire, le grand chef allait-il reléguer son agent dans un emploi de bureau, sans égards pour les services passés ?

Mais peut-être — peut-être — se dit Bond, « M » lui avait-il gardé une merveilleuse affaire, bien au chaud, qui lui permettrait de prouver qu'il était toujours l'as du Service Secret.

« M » se renversa en arrière et ouvrit enfin la bouche :

— Comment vous sentez-vous ?... Content d'être de retour ?

— Très content, monsieur. Et je me sens parfaitement bien.

— Avez-vous tiré des conclusions de votre dernière affaire ?... Je n'ai pas voulu vous ennuyer avec tout cela, mais vous savez que j'ai fait ouvrir une enquête. Je crois d'ailleurs que mon chef d'état-major a recueilli votre témoignage. Avez-vous quelque chose à ajouter ?

Bond n'aimait pas la voix de « M ». Une voix d'homme d'affaires, sans chaleur, qui n'annonçait rien de bon. Pourtant il répondit loyalement :

— Je n'ai rien à dire, monsieur. Ce qui est arrivé est entièrement ma faute.

Lentement, « M » se pencha en avant et posa les mains bien à plat sur le bureau. Son regard était dur.

— C'est bien mon avis, dit-il, d'une voix dangereusement douce. Votre revolver s'est enrayé, si je me souviens bien. C'était un Beretta muni d'un silencieux. Un agent qui porte le numéro oo ne peut pas se permettre ce genre d'accident. A moins que vous ne souhaitiez renoncer à votre matricule...

Bond se raidit. Le droit, pour un agent, au « oo », est un grand honneur, qui implique risques et danger, dans les seules missions que Bond aimât vraiment. La question de « M » était une gifle morale. Bond se contint.

— Ce n'est pas mon intention, monsieur, dit-il seulement.

— Dans ce cas, reprit « M », il est indispensable de revoir entièrement votre équipement. C'est d'ailleurs une des conclusions de la commission d'enquête, et c'est aussi mon avis.

Cette fois, Bond se rebiffa :

— J'ai l'habitude de mon revolver, dit-il. J'y suis fait et je l'aime. N'importe quelle autre arme aurait pu s'enrayer aussi bien que le Beretta.

— Ce n'est pas ce qu'a dit la commission d'enquête. Aussi finissons-en. La seule question qui se pose est de savoir quelle arme vous utiliserez à l'avenir.

« M » se pencha vers l'interphone :

— Faites entrer le maître-armurier, je vous prie.

Et, se tournant vers Bond :

— Le commandant Boothroyd est le plus grand expert au monde en armes de petit calibre. C'est pourquoi je l'ai convoqué. Nous écouterons ce qu'il a à dire.

L'armurier entra et s'assit. C'était un

petit homme mince aux yeux gris très clairs, aux cheveux couleur de sable.

— Avant toute chose, lui dit « M », dites-moi ce que vous pensez du Beretta 25.

— Revolver de femme, monsieur, laissa tomber l'homme du bout des lèvres.

— Et qu'est-ce qui vous fait dire cela ? demanda « M » en regardant Bond avec une ironie mordante.

— Il s'arrête mal mais il part facilement. Et puis il est joli. C'est une arme qui plaît aux dames.

— Et muni d'un silencieux ?

— C'est encore pis, monsieur, dit l'armurier, visiblement écœuré. Le silencieux se prend dans les vêtements quand on veut sortir l'arme. Je ne conseillerais à personne une combinaison de ce genre, monsieur. Surtout s'il s'agit de travail sérieux.

« M » sourit à Bond, très affable :

— Vous avez une observation à présenter ?

— Je ne suis pas d'accord, dit Bond posément. Voilà quinze ans que j'emploie le Beretta et je n'ai jamais eu le moindre ennui. Bien entendu, je me suis aussi servi d'armes plus grosses, comme le colt 45 à canon long, par exemple. Mais, pour le combat de près, étant donné sa taille réduite, je préfère le Beretta, et de loin. Tout l'ennui est venu

du silencieux. Malheureusement on est quelquefois obligé de l'employer.

— Nous avons vu le résultat, dit « M »
sèchement. Je suis certain, ajouta-t-il plus
aimablement, que vous vous habituerez très
facilement à une autre arme. D'ailleurs c'est
décidé. Voulez-vous vous lever, s'il vous
plaît. Je voudrais que notre expert voie comment vous êtes bâti, avant de rendre son ver-
dict.

Bond se leva, à contrecœur. Boothroyd
l'examina attentivement. Il tâta les biceps,
les avant-bras. Puis il demanda, du ton froid
du spécialiste :

— Puis-je jeter un coup d'œil sur votre
revolver ?

Bond entrouvrit son veston et tendit le
Beretta au canon scié. Boothroyd examina
l'objet et le pesa, avant de le poser sur le
bureau.

— L'étui et la courroie également, je vous
prie.

Bond s'exécuta, ôta son veston, défit le
holster de peau de chamois et la courroie. Un
silence de plomb tomba. Boothroyd, après un
coup d'œil à l'étui, l'envoya rejoindre le revolver, avec un geste sarcastique. Puis, regardant « M » :

— Je crois que nous pourrons faire mieux.

C'était la voix même du premier grand tailleur auquel Bond avait eu à faire. Bond se rassit. Il cessa d'examiner le plafond d'un air excédé et reporta sur « M » un regard impassible.

— Que préconisez-vous ? demanda ce dernier.

Le major Boothroyd avait le ton de l'homme qui sait :

— Il se trouve, monsieur, dit-il modestement, que j'ai essayé moi-même la plupart des automatiques de petit calibre : 5 000 coups chacun, à vingt mètres. A tous, je préfère le Walther PPK 7,65 mm. Il ne vient qu'en quatrième position, après le M 14 japonais, le Tokarev russe et le M 38 Sauer. Mais j'aime sa gâchette douce, et la forme spéciale du magasin permet une tenue de l'arme qui devrait convenir à 007. C'est une arme efficace. Evidemment, c'est un calibre 32, plus lourd que le Beretta 25, mais je ne saurais conseiller une arme plus légère. En outre, on trouve des cartouches pour Walther dans le monde entier. Ce qui est un avantage sur les armes russes et japonaises.

« M » se tourna vers Bond.

— Des questions ?

— C'est un bon revolver, admit Bond. Un

peu moins fin que le Beretta. Et comment devrai-je le porter ?

— Dans le holster Berns Martin, dit Boothroyd sans hésiter. Cela vous permettra de tirer plus vite qu'avec ça.

Il eut un geste méprisant vers le bureau.

— Trois cinquièmes de seconde pour toucher un homme à dix mètres me paraît une bonne moyenne.

— Eh bien, dit « M », voilà une affaire réglée. Et comme arme de plus fort calibre ?

— Je ne vois de vraiment satisfaisant que le Smith et Wesson 38, dit Boothroyd, doctrinal. C'est un revolver sans chien, qui ne risque pas de se prendre dans les vêtements et qui pèse à peine plus de trois cent cinquante grammes. Pour ne pas s'alourdir, il ne contient que cinq cartouches. Mais quand elles sont tirées, — le major Boothroyd se permit un sourire découragé — il y a toujours au moins un mort. Avec des cartouches standard, c'est une arme d'une remarquable puissance de feu. Il y a différentes longueurs de canon, le...

— Je m'en rapporte à vous, dit « M » précipitamment. Va pour un Walther et un Smith et Wesson. Soyez assez aimable pour faire apporter les deux immédiatement. Il faut que, dans une semaine, 007 soit parfaitement entraîné. Merci beaucoup. Je ne vous retiens plus.

Le maître-armurier salua et sortit sans bruit. Le silence retomba. Bond pensait mélancoliquement que son bail de quinze ans avec le Beretta venait de finir. Combien de fois ce froid petit morceau de métal lui avait-il sauvé la vie ? Il se rappelait les soirs où, dans une anonyme chambre d'hôtel, quelque part dans le monde, il avait démonté, pièce par pièce, graissé, essayé longuement le Beretta, avant un rendez-vous avec l'aventure. Bond se sentait absurdement triste.

— Je suis désolé, James, dit la grosse voix de « M ». Je sais combien vous teniez au Beretta. Mais, dans ce métier, il y a trop de risques pour en courir encore de supplémentaires.

— Je sais, dit Bond avec un sourire d'excuse.

— J'ai du travail pour vous, reprit « M ». Une enquête à la Jamaïque. Deux de nos agents y ont disparu en même temps. Fugue amoureuse. Du moins, c'en a l'air. Routine et rapport. Le soleil vous fera du bien et vous vous exercerez avec vos nouveaux revolvers sur les tortues de mer. Cela vous fera des vacances. Qu'en dites-vous ?

Bond songeait amèrement : « Il n'a plus confiance en moi depuis la dernière affaire. Voilà tout ce qu'il a à me proposer ! » Il dit :

— Ça va être la belle vie. Mais j'ai eu plus que mon compte de cette vie-là, ces derniers temps... Enfin, si cela doit être fait !... Si c'est vous qui le dites...

— Oui, dit « M », c'est moi qui le dis.

III

Il commençait à faire sombre et le temps empirait. « M » alluma la lampe du bureau. Sous le halo jaune, le cuir de la table de travail avait un éclat rouge sang.

« M » poussa un épais dossier vers Bond, qui lut à l'envers « STRANGWAYS-TRUEBLOOD ». Qu'était-il arrivé à Strangways ? Qui était Trueblood ? « M » pressa un bouton.

Comme pour répondre à ces questions muettes, le chef d'état-major entra, un colonel, à peine plus âgé que Bond. Les responsabilités de ce personnage étaient écrasantes, et seuls une constitution à toute épreuve et un solide sens de l'humour le préservaient de la dépression nerveuse. C'était un des meilleurs amis de Bond. Ils se sourirent amicalement.

— Je viens, dit « M » au nouvel arrivant, de donner le cas Strangways à Bond. Il éclaircira ce qui s'est passé et fera fonction de principal agent local pendant ce temps. Au fait, Bond, vous avez travaillé avec Strangways il y a cinq ans. Que pensez-vous de lui ?

— Un type bien, dit Bond simplement. Mais j'aurais pensé qu'il n'était plus en poste là-bas. Cinq ans, c'est long sous les tropiques !

« M » ignora la remarque :

— Et son numéro deux, Mary Trueblood, l'avez-vous connue ?

— Non, monsieur.

— Les rapports sur elle sont excellents. Très jolie, à en juger par ses photos. C'est probablement la clef de l'histoire. Strangways était-il très porté sur les femmes, à votre avis ?

— Ma foi, c'est possible, dit Bond sans se compromettre. Mais que leur est-il donc arrivé ?

— C'est ce qu'il vous appartient de découvrir. Il y a trois semaines exactement, John Strangways et Mary Trueblood se sont volatilisés. Ils ont disparu le même soir, ne laissant derrière eux que des cendres. Le bungalow de Strangways, les livres de codes, les dossiers, le poste émetteur, tout a complètement brûlé. La fille n'a rien emporté de ses affaires, même pas son passeport. Mais cela ne prouve rien, car Strangways pouvait aisément lui en procurer un. Ils ont pu très facilement prendre un avion pour la Floride ou pour l'Amérique du Sud. La police vérifie les listes de passagers. Elle n'a encore rien trouvé, mais, étant donné l'efficacité bien connue de ces gens-là, cela n'a rien de surprenant et ils ne découvriront probablement rien.

Le chef d'état-major fronça les sourcils, et, se tournant vers Bond :

— Il y a tout de même quelque chose de bizarre, que je voudrais vous signaler. C'est leur dernier contact radio avec nous. A six heures et demie, ils ont appelé Londres, comme chaque soir. Le contrôle de sécurité est formel : c'est Mary Trueblood qui émettait. Puis, brusquement, tout s'est tu. Aucune réponse à l'appel bleu, pas plus qu'au rouge. Le lendemain, la section III a envoyé un agent de Washington. Il a vu le Gouverneur, qui était déjà fixé. Le feu n'avait pas pris tout seul chez Strangways, et ce n'était pas là-bas sa première histoire de fille. On peut difficilement lui en vouloir, remarquez. Il n'y a pas grand-chose à faire, à la Jamaïque. Le Gouverneur, l'agent de Washington et la police locale ont conclu que, dans un coup de tête, Strangways et Mary Trueblood étaient partis ensemble. Et ils ont classé l'affaire.

Le chef d'état-major eut un geste d'excuse vers « M » :

— Je sais bien, dit-il, que vous inclinez à penser comme eux, mais je ne peux pas m'empêcher d'être troublé. D'abord par le dernier appel radio, qui ne cadre pas avec le reste. D'autre part, les amis de Strangways sont tous d'accord : il est parti du club à six heures un quart, comme il le faisait chaque jour, en commandant une tournée générale et en disant qu'il reviendrait dans vingt minutes. De l'avis de tous, il était parfaitement normal, ni excité ni préoccupé.

« A partir de ce moment précis, il se volatilise littéralement. Il ne prend même pas sa voiture. On l'a retrouvée devant le club.

« Pourquoi, s'il voulait partir avec cette fille, ne pas quitter Kingston le matin ? Ou, mieux encore dans la nuit, après nous avoir envoyé son rapport quotidien ? »

— Je me suis laissé dire, grogna « M »,

que les gens amoureux se conduisent souvent comme des imbéciles. Par ailleurs, on ne voit aucune autre explication. Il ne s'est rien passé d'important à la Jamaïque depuis cinq ans. Depuis votre dernière affaire, Bond. De temps en temps, quelques communistes de Cuba essayent de venir dans l'île. Des repris de justice anglais s'y cachent, parce qu'ils pensent, à tort, y être en sûreté. C'est à peu près tout. Que vous en semble, Bond ?

— Je ne vois pas du tout Strangways — dit Bond d'une voix nette — plaquant tout pour une femme. Il est possible qu'il ait eu une aventure avec sa secrétaire, encore qu'il ne soit pas homme à mêler le travail et le plaisir. Mais, avant tout, il aimait son métier. Il ne serait pas parti comme cela, c'est impensable.

— Dans ce cas, quelle explication proposez-vous ? demanda « M », légèrement agacé.

Il se mit à bourrer sa pipe avec lenteur. Cette histoire l'ennuyait. Il détestait le gâchis et les problèmes de cœur. Celui-ci était tout juste bon à mettre Bond au vert, avec ordre de faire un semblant d'enquête.

Mais Bond ne l'entendait pas de cette

oreille. Il avait bien connu Strangways et il était décidé à le défendre.

— Sur quelles affaires Strangways travaillait-il ces derniers mois ? demanda-t-il.

— Absolument rien d'intéressant, dit « M » d'un ton définitif, en quêtant l'approbation du chef d'état-major.

— C'est exact, dit celui-ci. A part cette fichue histoire d'oiseaux.

— Oh, ça, dit « M » avec le plus parfait mépris, c'est du ressort du zoo ! C'est le Ministère d'Outre-mer qui nous a refilé l'histoire. Il y a six semaines, je crois.

— En effet, dit le chef d'état-major. Une Société américaine, la Société Audubon pour la protection des oiseaux en voie de disparition, est allée se plaindre à notre ambassadeur à Washington. Le Foreign Office a repassé la corvée au Ministère d'Outre-mer, qui nous l'a retransmise.

« Cette Société Audubon est très puissante en Amérique. Elle a même réussi à faire déplacer un centre d'essais atomiques, parce qu'il empêchait je ne sais quels oiseaux de pondre tranquillement. »

— Je vous demande un peu ! dit « M » en haussant les épaules.

Mais Bond n'était pas satisfait :

— Cette Société Audubon, s'enquit-il, que veut-elle de nous ?

Entre les dents de « M », la pipe dansait dangereusement. Il tendit le dossier au chef d'état-major, en disant :

— Tenez, tout est là. Expliquez-lui.

— Le vingt janvier dernier, nous avons passé l'affaire à Strangways. Il en a accusé réception. Et, depuis, nous n'avons plus entendu parler de rien. En deux mots, voici : il s'agit d'une variété de flamants roses qui, il y a quelques années, était en train de disparaître. On n'en trouvait plus qu'en Floride et dans ces parages, en faible quantité. C'est alors qu'on a appris qu'une colonie de ces oiseaux s'était fixée sur une petite île, Crab Key, située entre Cuba et la Jamaïque, et dépendant de celle-ci, donc territoire britannique. C'est une île à guano, mais la qualité du guano était trop médiocre et on ne l'exploitait plus. Elle était inhabitée depuis cinquante ans. La Société Audubon a loué un morceau de l'île et l'a transformé en une sorte de sanctuaire pour ces oiseaux rares. Ils ont envoyé deux gardiens dans l'île et en ont fait détourner je ne sais combien de lignes aériennes qui la survolaient. Les oiseaux ont prospéré. Au dernier recensement, on en comptait cinq mille à

Crab Key. Puis, la guerre est venue. Le prix du guano est monté en flèche et un petit futé a eu l'idée d'acheter l'île tout entière et de se remettre à l'exploiter. Il a négocié avec le gouvernement de la Jamaïque, et l'affaire s'est faite, à condition qu'il ne dérangerait en aucun cas les oiseaux de la concession Audubon. Cela se passait en 1943. Le nouveau propriétaire fit venir de la main-d'œuvre à bon marché et, très rapidement, commença à faire de substantiels bénéfices. Mais depuis peu le prix du guano a énormément baissé et le pauvre homme doit avoir peine à joindre les deux bouts.

— Qui est cet homme ? demanda Bond.

— Un Chinois. Ou plus exactement demi-Chinois, demi-Allemand. Il porte un nom impossible : Docteur Julius No.

— No, N... O ?

— C'est ça.

— Des renseignements sur lui ?

— Rien de spécial. Il vit très retiré. On ne l'a vu nulle part depuis qu'il a conclu son accord avec le gouvernement de la Jamaïque. Il n'y a aucun trafic entre Crab Key et le reste du monde. C'est son île et, apparemment, il entend y vivre tranquille. Il dit que les gens gêneraient les oiseaux à

44

guano. C'est logique. Nos rapports avec le docteur No ont été inexistants jusqu'à Noël dernier.

— Que s'est-il passé à ce moment-là ?

— Un des gardiens de la concession Audubon a réussi à gagner en canot la côte nord de la Jamaïque. C'était un homme de la Barbade, un véritable roc, doué d'une résistance peu commune. Il est arrivé avec des brûlures atroces sur plus de la moitié du corps, et il est mort quelques jours plus tard, après avoir raconté une histoire insensée. Le camp des deux gardiens aurait été attaqué par un dragon crachant le feu. Le dragon aurait tué son camarade, brûlé le camp et semé la panique et la mort parmi les oiseaux. Le malheureux n'a pas retrouvé la raison avant de mourir. On a envoyé un rapport à la Société Audubon. Elle a immédiatement frété un avion et délégué deux gros bonnets à Crab Key, pour enquête. Il y a dans l'île un terrain d'atterrissage. Le docteur No possède un Grumman amphibie, qu'il utilise pour s'approvisionner.

— Ces Américains ont vraiment beaucoup d'argent à jeter par les fenêtres pour leurs satanés oiseaux, jeta « M » d'un air furieux.

Bond retint a grand-peine un sourire amusé.

— En tout cas, ils ont joué de malchance. Leur Beechcraft s'est écrasé à l'atterrissage. Il n'y a pas eu de survivants. Ce nouveau coup du sort a achevé d'exaspérer la paisible Société Audubon. Cette fois, c'est sur une corvette de la marine de guerre qu'ils sont allés faire leurs sommations à l'infortuné docteur No. Si je vous raconte cela, c'est pour vous montrer l'influence et les moyens dont disposent ces zoophiles. Toujours est-il que le capitaine de corvette a été reçu avec une extrême amabilité par le docteur No. Il a montré au capitaine les restes de l'avion. Rien de louche. Le pilote aura tout simplement voulu atterrir trop vite. Les corps des deux hommes et du pilote avaient été embaumés par les soins du docteur No. Il les a remis en grande pompe au capitaine, qui a été extrêmement impressionné par l'accueil qu'il a reçu. Il a demandé à voir aussi le camp des deux gardiens. On l'y a mené. Selon le docteur No, les deux hommes sont devenus fous, à cause de la chaleur et de la solitude. L'un des deux a dû brûler le camp et son camarade avec. Cela a paru vraisemblable au capitaine quand il a vu l'espèce de marais, oublié des dieux et des hommes, où les gardiens vivaient depuis plus de dix ans. Comme il n'y avait plus rien à voir, on a fort gracieusement reconduit le capitaine à son navire. L'histoire devrait s'arrêter là, mais, comme le capitaine a eu le malheur de signaler qu'il n'avait vu qu'une poignée d'oiseaux sur l'île, la Société Audubon est devenue tout à fait hystérique. Elle nous a sommés de faire une enquête approfondie. Voilà comment l'affaire est échue à Strangways.

« M » laissa tomber sur Bond un regard lourd d'ennui et de reproche.

— Vous voyez, dit-il, qu'il n'y a pas là de quoi fouetter un chat. Des vieilles femmes maniaques se réunissent pour fonder une société pour la protection des poissons-volants ou des miniatures du XIVᵉ, et les empoisonnements commencent. Rien ne les arrête. Ce ne sont ni l'argent ni les appuis politiques qui leur manquent. Elles iraient jusqu'à Dieu le père, s'il le fallait. Il arrive un moment où l'on est absolument obligé de faire quelque chose pour les calmer. C'est sur moi que c'est tombé, car il s'agit d'un territoire britannique. Comme, en même temps, l'île est propriété privée, personne ne veut s'en mêler officiellement.

Qu'attend-on de moi ? Que j'envoie un sous-marin de la Royal Navy pour savoir ce qui est arrivé à une couvée de cigognes roses ?

« M » secoua la tête avec rage et conclut, agressif :

— Voilà la dernière affaire de Strangways. J'espère que vous en savez assez, car j'ai devant moi une journée plutôt chargée.

Bond se leva.

— Je voudrais le dossier, s'il vous plaît. Il y a un fait troublant. Quatre personnes ont trouvé la mort, plus ou moins à cause de ces oiseaux. En outre, nous ignorons ce qui est arrivé à Strangways et à Mary Trueblood. C'est peut-être une absurde coïncidence, mais, comme nous n'avons aucun autre élément, autant commencer par-là.

— Prenez, prenez, dit « M » avec impatience. Allez vite en vacances et revenez le plus tôt possible. Je ne sais pas si vous l'avez remarqué, mais le reste du monde est en plein gâchis.

Bond s'empara du dossier et eut un geste vers le Beretta qui reposait toujours sur le bureau.

— Non, laissez cela, dit « M » d'une voix tranchante. Et entraînez-vous convenablement au maniement de vos nouvelles armes. Je vous verrai à la fin de la semaine.

Bond regarda « M » droit dans les yeux. Pour la première fois de sa vie, il le haïssait cordialement. Il savait parfaitement pourquoi « M » avait été aussi odieux avec lui. C'était une punition à retardement, parce que Bond avait failli se faire tuer au cours de sa dernière mission. Et de plus, « M » l'envoyait se faire dorer au soleil !

Au fond de lui-même, Bond était sûr que cette mission douillette, cette partie de plaisir, était en grande partie destinée à l'humilier. Le vieux singe !...

La rage au cœur et le sourire aux lèvres, Bond salua son supérieur hiérarchique et sortit en disant :

— J'ai toujours eu une véritable passion pour les oiseaux.

IV

Le Super-constellation avait commencé sa
descente. A quelques milliers de mètres plus
bas, un mince échiquier vert et brun : Cuba.
Lentement, l'appareil descendait maintenant vers la Jamaïque. Bond regardait gran-
dir la grosse île verte, qui ressemblait, vue
de haut, au dos d'une tortue. L'eau, très
sombre autour de Cuba, avait viré à un bleu
plus pâle, presque laiteux, dû aux récifs
qui entourent la côte. Les Indiens Arawak
avaient nommé l'île Xaymaca, la terre des
collines et des rivières. C'était vrai, partout des ruisseaux et des rivières. Qu'elle
était belle, cette terre, l'une des plus ferti-
les du monde !

Un des versants des Montagnes Bleues était déjà plongé dans une ombre violette. Kingston, une à une, allumait ses lumières. La baie et l'aéroport étaient encore éclairés par le soleil. A intervalles réguliers clignotait le phare de Port Royal.

Lentement le grand avion s'inclinait vers la terre. Un instant, il baigna dans la lumière dorée du soleil couchant. Puis, avec douceur, il toucha le sol et roula sur la piste.

L'air moite des tropiques accueillit Bond dès sa descente d'avion. Il savait qu'avant même d'atteindre la douane, il serait en nage.

Son passeport lui attribuait la profession d' « importateur-exportateur ».

— A quelle société commerciale appartenez-vous, monsieur ? demanda un employé courtois.

— A l'Universal Export, dit Bond sans sourciller.

— Etes-vous ici pour des raisons de travail ?

— Non. Pour mon plaisir seulement.

— Bon séjour, monsieur, dit l'employé en lui rendant son passeport.

La première personne que Bond vit en sortant fut un grand homme à la peau brune, nonchalamment appuyé à la barrière. Il portait la même chemise bleue passée, et probablement le même pantalon kaki, que cinq ans plus tôt, quand Bond l'avait vu pour la première fois.

— Quarrel ! appela-t-il.

Derrière la barrière, le visage brun se fendit en un sourire étincelant. Il mit l'avant-bras droit devant ses yeux, en signe de bienvenue.

— Ça va bien, cap'taine ? demanda-t-il d'un air ravi.

— Merveilleusement, dit Bond. Je n'ai plus qu'à recouvrer mes bagages et j'arrive. Tu as la voiture ?

— Bien sûr, cap'taine.

L'officier de douane, qui, comme la plupart des gens de la côte, connaissait Quarrel, tendit sa valise à Bond avec un clignement d'œil complice, sans même l'ouvrir.

Bond secoua la paume rêche et calleuse de Quarrel avec une affection bourrue. Il plongea le regard dans les yeux gris foncés, héritage, sans doute, d'un lointain ancêtre pirate.

— Tu n'as pas changé, Quarrel, dit-il. Comment va la pêche à la tortue ?

— Des jours, oui, des jours, non, cap'taine. C'est comme tout.

Il regarda Bond avec une soudaine sévérité :

— Vous avez été malade, cap'taine ?

Bond leva vers lui des yeux étonnés.

— J'ai été malade, c'est vrai, dit-il. Mais il y a des semaines que je suis sur pied. Qu'est-ce qui t'a fait dire ça ?

Quarrel eut l'air embarrassé et malheureux. Il avait peur d'avoir blessé son cher cap'taine, comme il appelait Bond.

— Ben, excusez, c'est que je sais lire sur votre figure.

— J'ai passé de sales moments, avoua Bond. J'aurai besoin de ton entraînement spécial, comme la dernière fois. Je ne tiens pas encore la vraie forme.

Ils sortaient en bavardant quand ils furent éblouis par le flash d'un appareil photographique.

Une ravissante Chinoise en costume de la Jamaïque venait vers eux, Rolleyflex en batterie. Elle tenait une liste à la main et dit, avec un charme quelque peu sophistiqué :

— Merci, messieurs. Je suis reporter-photographe au *Daily Gleaner*. Vous êtes monsieur Bond, n'est-ce pas ?... Vous comptez séjourner un certain temps dans l'île, monsieur Bond ?

Bond eut du mal à cacher sa contrariété. Cela commençait mal.

— Je ne suis qu'en transit, dit-il brièvement. Je suis sûr qu'il y a des passagers autrement intéressants que moi.

— Cela m'étonnerait, monsieur Bond, dit la jeune personne avec un sourire gracieux. Puis-je vous demander à quel hôtel vous avez l'intention de descendre ?

« Le Diable l'emporte », jura Bond intérieurement.

— Au Myrtle Bank, dit-il.

— Merci beaucoup, monsieur Bond, dit la voix cristalline. Bon séjour.

Tout en se dirigeant vers le parking, Bond, soucieux, questionna Quarrel.

— Dis-moi, as-tu déjà vu cette fille à l'aéroport ?

Le front de Quarrel se plissa, sous l'effort de la réflexion. Enfin, il secoua la tête.

— Je ne crois pas, cap'taine. Mais le *Gleaner* a beaucoup de filles comme ça.

Bond avait sa petite idée. Il n'y avait aucune raison pour qu'un journal quelconque voulût sa photo. Il n'était pas venu dans l'île depuis cinq ans; et même à ce moment-là on n'avait jamais parlé de lui dans la presse.

Ils arrivaient à la voiture. C'était une

54

Sunbeam noire. Bond sursauta en voyant le numéro minéralogique. Il ne manquait plus que cela. La voiture de Strangways !...

— Où as-tu trouvé cette voiture ? demanda-t-il calmement.

— Il n'y en avait pas d'autre au garage. Pourquoi, cap'taine, elle ne va pas ?

— Mais si, mais si, Quarrel, dit Bond résigné. Allons, en route.

Quarrel se glissa au volant. Bond réfléchissait. Il se maudit de n'avoir pas pensé qu'il risquait de tomber sur cette voiture. Une carte de visite plutôt voyante, pour quelqu'un qui voulait passer inaperçu !

Jusqu'à Kingston, la route était bordée de cactus. Des lumières jaunes scintillaient au loin sur le port. L'air était chaud et parfumé. Mais Bond ne voyait rien. Il était furieux contre lui-même. Il avait envoyé un câble au Gouverneur pour qu'on retrouvât Quarrel, avec qui il avait travaillé cinq ans plus tôt. C'était un solide gaillard des îles Caïman, un homme de ressources, qui permettrait à Bond d'aller dans des endroits où, seul, il n'aurait pu pénétrer. Tout le monde aimait Quarrel. C'était un merveilleux compagnon et un excellent marin. Bond savait que, sans Quarrel, il n'arriverait à rien dans l'île.

Ensuite, il avait fait retenir une chambre avec douche à l'hôtel des *Montagnes Bleues* et demandé qu'on lui louât une voiture et que Quarrel vînt le chercher à l'aérodrome.

Bond soupira. Il aurait dû se rendre à l'hôtel en taxi et ne rencontrer Quarrel qu'après. Ainsi il aurait vu la voiture, et il aurait pu en changer.

L'affaire se présentait maintenant de telle façon qu'il aurait aussi bien pu donner les raisons de sa visite. Ça aurait fait très bien dans le *Gleaner,* en légende sous sa photo ! Bond avait assez de métier pour savoir que ce sont les premières fautes qu'on fait dans une affaire qui sont les pires, parce qu'elles sont irréparables. Elles vous font partir du mauvais pied, donnant la première manche à l'ennemi.

Mais y avait-il un ennemi ? Bond se retourna sur son siège. Derrière eux, à une centaine de mètres, deux feux en code trouaient l'obscurité. A la Jamaïque, la plupart des gens conduisent pleins phares, en toutes circonstances. Bond se pencha vers Quarrel :

— Nous allons arriver à l'embranchement où la route de gauche va à Kingston et l'autre à Morant. Au lieu d'aller à gauche, tu tourneras à droite et tu t'arrêteras immédiatement, en éteignant tes phares, compris. Allez, fonce.

— On y va, cap'taine, dit Quarrel tout joyeux. L'aventure entrait de nouveau dans sa vie.

Le moteur de la petite voiture rugit et elle bondit en avant.

On ne voyait plus l'autre voiture. Au croisement, Quarrel amorça un virage digne des vingt-quatre heures du Mans et s'arrêta sur le bas-côté de la route.

Presque aussitôt, on entendit le bruit d'un moteur puissant, en pleine vitesse. Les phares étaient allumés. Visiblement, ils cherchaient la Sunbeam. La voiture obliqua sur Kingston. Bond eut juste le temps de remarquer que c'était un taxi de marque américaine et qu'il n'y avait personne à côté du chauffeur.

Pendant dix minutes, ils ne bougèrent pas. Puis Bond dit à Quarrel :

— Tu peux reprendre la route de Kingston. Je crois qu'il nous suivait. Un taxi ne revient pas à vide de l'aéroport. C'est une course coûteuse. De toute façon, ouvrons l'œil. Il se peut que nous ne l'ayons pas semé et qu'il nous attende quelque part.

— Comptez sur moi, cap'taine, je veille

au grain, dit Quarrel en se frottant les mains.

Ils ne tardèrent pas à entrer dans le flot des voitures de Kingston. Au milieu des autobus, des voitures, des charrettes et des petits ânes lourdement chargés, il était bien difficile de voir s'ils étaient suivis. Ils mirent un quart d'heure à atteindre Junction Road, la route principale de l'île. Enfin ils aperçurent une immense enseigne de néon verte, en forme de palmier, et dessous : *Montagnes Bleues. VOTRE hôtel.* Tout autour, il y avait des buissons de bougainvillées soigneusement peignés.

Quarrel entra, suivi de Bond.

Cinquante mètres plus loin, un taxi noir fit demi-tour et redescendit la colline, vers Kingston.

-:-

L'hôtel des *Montagnes Bleues* était un établissement confortable à l'ancienne mode. Bond fut accueilli avec une déférence toute spéciale, due au fait que sa chambre avait été retenue par le Palais du Gouverneur, King House.

On lui donna une grande chambre d'angle, avec un balcon d'où l'on apercevait au loin les lumières de la baie de Kingston.

Comme un bienheureux, Bond se glissa sous la douche froide et laissa pendant cinq minutes l'eau rafraîchir son corps moite. Puis il passa aux choses sérieuses et commanda un double gin-tonic et un citron vert. Il coupa le citron en deux, le mit dans le verre et ajouta quelques cubes de glace. Il regarda sa mixture d'un œil critique, goûta et, apparemment satisfait, l'emporta dehors.

Il resta un bon moment sur le balcon, humant voluptueusement l'air du soir, savourant le plaisir d'être assis là, loin de Londres, loin de l'hôpital. Il eut une pensée presque attendrie pour « M ». Il sourit. Le vieux crabe, pensa-t-il, avait cru sincèrement l'envoyer faire une cure de repos. Mais l'instinct de Bond lui disait qu'il était sur une affaire sérieuse et difficile, comme il les aimait.

Il était sept heures et quart. Quarrel n'allait pas tarder. Ils dîneraient ensemble. Quarrel, après s'être gratté longuement la tête, avait suggéré un bistrot du bord de mer, le « Bateau Lavoir ».

— C'est un copain à moi qui tient ça. On l'appelle Nicky-la-Pieuvre, parce qu'une fois il s'est battu contre une pieuvre géante. Il a failli y laisser sa peau. On y mange bien, le vin est bon et il y a de la musique.

Le sourire de Quarrel montrait clairement qu'il ne voyait pas ce qu'on pouvait
désirer de plus.

Bond passa une chemise blanche et un
costume ultra-léger bleu foncé. En prévision de réjouissances possibles, il vérifia
son Walther, s'assura que l'arme était invisible sous la veste, et descendit.

Quarrel et la voiture l'attendaient, ponctuellement. A la paresseuse, ils longèrent
le port, dépassèrent deux ou trois restau-
rants élégants, quelques night-clubs, d'où
sortaient des calypsos langoureux. Un peu
plus loin, il n'y eut plus que des cabanes.
La route s'incurvait. Bond aperçut une enseigne de néon jaune, en forme de gallion
espagnol, le « Bateau Lavoir ». On entrait
dans un petit jardin plein de palmiers,
puis c'était la plage de sable et la mer. Il
y avait des tables sous les palmiers et une petite piste de danse vide. Trois noirs en chemise écarlate dévidaient des variations sur
l'air d'*Emmène-la à la Jamaïque, il y a
du bon rhum, bonhomme.*

Il n'y avait que la moitié des tables d'oc-
cupées, surtout par des noirs. Les autres
clients étaient des marins anglais ou américains avec des filles. Une énorme boule

noire en smoking blanc se leva en voyant les deux hommes et vint à leur rencontre.

— Mais c'est m'sieur Qua'el ! dit-il. Je vous donne une bonne table pour deux.

— Salut, Nicky-la-Pieuvre, dit Quarrel d'un air réjoui. Donne-nous une table plus près de la cuisine que de la musique.

Le gros noir s'esclaffa.

— Qu'est-ce que je vous sers ? demanda-t-il.

Bond commanda un gin-tonic avec citron et Quarrel une bière. Ils choisirent ensuite du homard grillé et du steak, accompagné de légumes du cru.

Le trio se remit à jouer. Les palmiers bruissaient doucement dans la brise du soir. On entendait le clapotement sourd de la mer, à quelques mètres.

— On est bien ici, dit Bond.

— C'est un vrai pote, Nicky-la-Pieuvre, dit Quarrel, ravi. Des Caïmans, comme moi... Il sait tout ce qui se passe à Kingston. Alors, ne vous gênez pas. Lui et moi, nous avions un bateau. Un jour, il est allé pêcher à Crab Key. En voulant prendre des œufs de cormorans sur un petit rocher, il a rencontré la pieuvre. Un vrai monstre. En se battant, Nicky s'est fait péter un poumon. Ça lui a fichu la trouille et, quand il est rentré à Kingston, il m'a vendu sa part du bateau. C'était avant la guerre. Maintenant il est riche. Et moi, je pêche toujours.

Quarrel leva la main, fataliste.

— A quoi ressemble Crab Key ? demanda Bond, l'air détaché.

Quarrel lui lança un regard aigu.

— Sale coin, cap'taine, dit-il simplement.

— Et pourquoi ?

— Un Chinois l'a acheté pendant la guerre, à cause du guano. Il a fait venir des hommes. Depuis, il ne laisse personne débarquer ni repartir. C'est un vrai tombeau, conclut-il sombrement.

— Qu'est-ce qui te fait dire ça ? demanda Bond d'un ton léger.

— Il a des gardes armés de mitrailleuses. Et aussi un radar. Et un avion. J'ai des amis qui ont voulu y aller voir. On ne les a jamais revus. Vrai, cap'taine, c'est un endroit qui me fait peur.

Le serveur apportait les homards. Tout en dînant, Bond expliqua à Quarrel ce qu'il savait de l'affaire Strangways. Quarrel écoutait attentivement, posant de temps en temps une question. Quand Bond en vint aux oiseaux de Crab Key, le pêcheur fronça les sourcils, ce qui était chez lui un signe de grande concentration. Il écouta le récit que le garde de la concession Audubon avait fait avant de mourir. Ses yeux gris n'étaient plus que deux fentes minces. Bond lui raconta l'atterrissage manqué, de l'avion venu aux nouvelles.

Quarrel repoussa son assiette et s'essuya la bouche avec le dos de la main.

— Cap'taine, dit-il en se penchant vers Bond, je ne sais pas s'il y a à Crab Key des oiseaux, des papillons ou des abeilles et je ne veux pas le savoir. Mais je suis prêt à parier mon dernier bouton de culotte que si quelqu'un a voulu fourrer son nez là-bas, le Chinois a fait ce qu'il fallait pour qu'il ne revienne pas vivant.

— Qu'est-ce qui te fait croire ça ?

Quarrel agita les mains :

— C'est bien simple. Ce Chinois ne veut personne chez lui. Il a fait tuer mes amis et tous ceux qui s'approchent de Crab Key. C'est un gros bonnet. Il tuera tous ceux qui se trouveront sur son chemin.

— Pourquoi ?

— Ça, je ne sais pas au juste. Les gens ont des drôles d'idées, quelquefois. Ce qui est sûr, c'est que celui-là ne veut personne chez lui.

Un éclair. Bond se retourna d'une pièce. La petite Chinoise de l'aérodrome était là, dans l'ombre. Elle portait une sorte de sari de satin noir, fendu d'un côté, presque jusqu'à la hanche. Elle avait maintenant un Leïca avec flash. Elle souriait.

— Amène-moi cette fille, dit Bond à Quarrel.

Quarrel se leva sans hâte.

— 'Soir, mademoiselle, dit-il doucement en tendant la main.

La fille passa la langue sur les lèvres et prit la main de Quarrel. Alors il la fit tourner comme une danseuse et, sans lâcher la main, la serra fortement au creux de son bras.

— Mais vous me faites mal! gémit la fille.

— Pas possible! dit Quarrel avec un bon sourire.

Les yeux de chat luisaient de rage, dans le visage très pâle.

— Vous allez me lâcher tout de suite, siffla-t-elle.

— Rien ne presse, dit Quarrel. Venez donc prendre un verre avec nous et ne vous mettez pas dans des états pareils.

Tendrement enlacés, ils rejoignirent Bond à sa table. Quarrel tenait toujours le poignet de la jeune Chinoise. Ils s'assirent, comme deux amoureux.

— Bonsoir, dit Bond courtoisement. A ce que je vois, on va trouver ma photo à toutes les pages du *Gleaner,* si je vous laisse faire.

— Ce soir je fais les cabarets, dit la jeune fille, avec l'accent de la sincérité parfaite. Il se trouve que votre première photo n'est pas bien venue. J'en refaisais une autre, c'est tout. Voulez-vous dire à ce monsieur de me lâcher ?

— Vous travaillez pour le *Gleaner*, dit Bond sans répondre. Comment vous appelez-vous ?

— Ça ne vous regarde pas.

Bond fit un signe à Quarrel, qui, méthodiquement, commença à tordre le poignet de la jeune personne.

La fille mordait sa lèvre inférieure et se taisait. Quarrel accentua sa pression.

Elle poussa un petit cri étouffé et dit :

— C'est bon. Je m'appelle Annabel Chung.

Ses yeux lançaient des éclairs.

— Ravissant nom ! dit Bond.

Et à Quarrel :

— Fais venir le patron.

De sa main libre, Quarrel fit tinter une fourchette contre un verre. Le gros homme accourut.

65

— Avez-vous déjà vu cette demoiselle ? demanda Bond.

— Oui, dit l'autre. Elle vient de temps en temps. Elle vous a gênés ? Vous voulez que je la jette dehors ?

— Mais non, dit Bond. Elle est charmante. Voulez-vous simplement appeler le *Gleaner,* pour savoir si elle travaille ce soir pour le journal. Si toutefois, ils ont une photographe nommée Annabel Chung.

— Tout de suite, dit Nicky-la-Pieuvre, qui partit en courant.

— Pourquoi n'avez-vous pas appelé le patron à l'aide ? dit Bond aimablement.

La fille jeta à Bond un regard buté, sans répondre.

— Navré d'employer la force, dit Bond mais je veux savoir pourquoi vous voulez absolument ma photo. Répondez-moi.

— Je vous l'ai déjà dit, laissa-t-elle tomber, excédée. Je fais mon travail.

Nicky revenait, tout essoufflé.

— C'est exact, dit-il. Ils emploient bien une Annabel Chung. Mais elle travaille à son compte et ils lui achètent ce qui les intéresse. C'est une excellente photographe, paraît-il.

— Merci, dit Bond. Cela ne nous dit toujours pas qui voulait mon portrait. Maintenant, fini de rire. Vous allez parler.

Leurs regards se croisèrent. Dans celui de la fille, il y avait du défi.

— Jamais, dit-elle lentement.

— Bon. Vas-y, Quarrel.

L'épaule droite de Quarrel se baissa insensiblement. La fille se tortillait sur sa chaise. Elle essaya de se rapprocher de Quarrel, pour rendre supportable la torsion que subissait son bras. Mais Quarrel la repoussa fermement, de sa main libre.

Elle le regarda bien droit dans les yeux et cracha.

Quarrel sourit comme à une bonne plaisanterie et accentua le mouvement.

Sauvagement, la fille donnait des coups de pied sous la table. Tout à coup, elle cessa. La sueur se mit à couler le long de ses tempes.

— Parlez donc, dit Bond d'une voix douce. Répondez à ma question et ce sera fini.

Il pensait au bras de la fille, qui allait casser d'une seconde à l'autre.

Elle murmurait des mots sans suite, en chinois.

Soudain, avec toute la force qui lui restait, elle se dressa et, de la main gauche, lança quelque chose à la figure de Quarrel. Bond n'eut pas le temps de l'arrêter. Il y eut un bruit de verre et une explosion. Le sang ruisselait sur la joue de Quarrel. Elle lui avait lancé à la tête son flash, manquant de peu l'œil.

Quarrel se passa la main sur la joue et la retira pleine de sang.

— Ah ! fit-il seulement.

Il n'y avait dans son exclamation aucune rancune. Seulement de l'admiration, et même un certain plaisir animal.

Il se tourna vers Bond.

— On tirera rien de cette fille, cap'taine. C'est une vraie dure. Faut-il lui casser le bras ?

— Ce n'est pas la peine, dit Bond précipitamment.

La main, avec laquelle il s'était agrippé à elle, par réflexe, retomba.

— Laisse-la partir, dit-il à Quarrel.

Il avait tout de même appris quelque chose. Celui qui était derrière Annabel Chung devait être un homme de fer, sûr de ceux qu'il employait. La fille n'aurait pas parlé.

Quarrel tenait toujours la main. Il la ramena en avant et l'ouvrit.

Son regard gris ne quittait pas la jeune Chinoise.

— Vous m'avez marqué, dit-il. C'est mon tour, maintenant.

Dans la paume grande ouverte, il saisit le Mont-de-Vénus, triangle de chair tendre et renflé, à la base du pouce, et, de ses doigts noueux, se mit à le tordre et à l'écraser.

Bond voyait les phalanges blanchir sous l'effort.

La fille poussa un cri aigu. Quarrel serra plus fort, puis lâcha. Annabel Chung se leva, comme mue par une décharge électrique. Elle tenait contre sa poitrine sa main meurtrie et ses yeux brillaient de haine.

— Salauds ! siffla-t-elle. Je vous aurai.

Le Leïca brinquebalant sur la poitrine, elle s'enfuit en courant.

Quarrel eut un rire plein de bonne humeur. Il saisit une serviette de table et se tamponna la joue, posément.

— Ma joue sera guérie bien avant son Mont-de-Vénus, dit-il avec malice.

Il regarda Bond rêveusement :

— Un Mont-de-Vénus gros comme celui de cette fille, dit-il, c'est rare. Au lit, elle doit être du tonnerre. C'est un signe qui ne trompe pas. Vous saviez ça, cap'taine ?

— Non, dit Bond.

— Elle aura la main endolorie pendant un bout de temps, mais c'est tout.

Il poussa un gros soupir.

— Faudra que je revoie cette fille de plus près, pour vérifier ma théorie.

L'orchestre jouait *Donne du rhum à ton homme*.

Bond donna une bourrade à Quarrel.

— Crois-moi, Quarrel, marie-toi et laisse cette fille tranquille. Sinon tu finiras avec un couteau planté entre les deux épaules. Il est temps de rentrer, maintenant. J'ai du sommeil en retard et je commence à penser que j'aurai l'emploi de toutes mes forces. Et il faut te faire panser la joue tout de suite. Appelle le patron.

— Quelle belle petite garce, tout de même ! dit Quarrel, en faisant tinter sa fourchette contre son verre.

V

Le lendemain matin, tandis que Bond déjeunait sur le balcon, il avait encore dans les oreilles la menace qu'Annabel Chung leur avait jetée, en guise d'adieu : « Je vous aurai, salauds ! »

Sans savoir pourquoi, Bond était maintenant sûr que Mary Trueblood et Strangways avaient été tués.

Ils avaient probablement appris quelque chose de compromettant et on les avait supprimés, eux et leurs dossiers, pour les empêcher de parler. Ce « On » devait savoir que le Service Secret anglais enquêterait sur la disparition de ses agents. Dieu sait comment, « on » avait appris l'arrivée de Bond. « On » l'avait fait photographier et « on » le ferait surveiller. Si Bond devenait dangereux, « on » le supprimerait, lui aussi. Un accident de voiture, un règlement de comptes entre voyous, n'importe quelle occasion ferait l'affaire.

Et comment, se demandait Bond, réagirait-« on », à la façon dont ils avaient traité la petite Chinoise ? D'après ce que Bond croyait deviner du personnage, cela équivalait à une déclaration de guerre.

La conduite de Bond laissait supposer qu'il savait déjà quelque chose, que peut-être Strangways avait eu le temps d'envoyer à Londres un rapport préliminaire.

Après l'incident Chung, l'ennemi allait certainement essayer de se débarrasser au plus vite de Bond, et peut-être aussi de Quarrel.

Bond alluma sa première cigarette. Il pensait donc savoir ce qu'allait faire l'ennemi. Tout en regardant la fumée brouiller l'air léger, notre homme décida qu'il n'y avait qu'une question intéressante : Qui était « on » ?

Pour l'instant, il ne voyait qu'un candidat sérieux : le courtois docteur No. Julius No, le germano-chinois qui possédait Crab Key, l'île d'où l'on ne revenait pas. Aucun renseignement sur cet homme dans les dossiers anglais... Un cable expédié au F. B. I. américain n'avait pas eu plus de succès.

Ce qui semblait surtout significatif à Bond, c'est qu'un homme comme Quarrel eût peur. Lui, le marin intrépide, toujours prêt à se lancer dans n'importe quelle aventure, si folle fût-elle, pâlissait au seul nom de Crab Key.

Pourquoi ce mystère autour de l'île et le luxe de précautions dont le docteur No s'entourait? A cause du guano?... Cela paraissait invraisemblable!

Ce matin-là, Bond avait rendez-vous à dix heures avec le Gouverneur. Il s'arrangerait pour voir également le chargé d'affaires du Colonial Office, afin d'obtenir des détails sur Crab Key; et sur le docteur No, si possible.

On frappa. C'était Quarrel, la joue gauche décorée d'un emplâtre en forme de croix, dans le pur style corsaire.

— Bonjour, cap'taine. Vous aviez dit huit heures et demie.

— Entre donc, Quarrel. Nous avons une journée chargée. As-tu déjeuné?

— J'ai déjà mangé, dit Quarrel. Du poisson fumé, avec une grande timbale de rhum.

Bond eut un sifflement admiratif.

— A huit heures du matin! Mes compliments!

— C'est rafraîchissant, dit Quarrel d'un air modeste.

— Aujourd'hui, enchaîna Bond, je serai occupé de mon côté toute la journée. Mais il y a plusieurs choses que je voudrais que tu fasses pendant ce temps-là.

— A vos ordres, cap'taine.

— D'abord la voiture. Il faut nous en débarrasser. Tu iras dans un garage qui ne fait que la location de voiture, Motta, par exemple et tu loueras pour un mois ce que tu pourras trouver de plus neuf. Ensuite, tu iras te promener sur les quais. Tu chercheras deux hommes qui puissent passer pour nous deux et qui sachent conduire. Achète-leur des vêtements qui ressemblent aux nôtres et dis-leur que nous avons besoin de la voiture demain matin à Montego, dans la ville espagnole. Qu'ils mènent la Sunbeam au garage Lévy. Tu préviendras Lévy par téléphone.

Quarrel avait l'air tout excité.

— Vous voulez qu'ils se fassent passer pour nous, pour semer quelqu'un, cap'taine.

— Tout juste. Tu donneras dix livres à chaque type. Tu leur diras que je suis un riche Américain un peu cinglé, et que je veux trouver la Sunbeam demain à six heures à Montego.

— Comptez sur moi, cap'taine.

— Tu te rappelles la maison que nous

avions sur la côte nord, à Beau Désert il y a cinq ans ? sais-tu si elle est libre ? Vois si tu peux la louer pour un mois. Voilà de l'argent pour tout.

Quarrel sursauta en voyant l'épaisseur de la liasse. Il la prit sans rien dire et la mit sous sa chemise, contre sa peau.

— Rien d'autre, cap'taine ?

— C'est tout. Mais surtout, sois prudent. Chaque fois que tu iras quelque part, laisse la voiture à un bon kilomètre. Enfin ouvre l'œil, spécialement si tu vois un Chinois dans les parages. Rendez-vous demain matin à six heures et quart.

— Bien, cap'taine, dit Quarrel, et il sortit sans bruit.

Une demi-heure plus tard, Bond quittait l'hôtel et prenait un taxi pour King House. Il ne signa pas le registre dans le hall et fut conduit à la salle d'attente. On le laissa mijoter un bon quart d'heure, pour bien lui montrer le peu d'importance qu'on attachait à sa personne. Enfin on consentit à le conduire au premier étage, jusqu'au saint des saints.

Le bureau du gouverneur sentait le cigare de la Havane. Sur son immense bureau, il n'y avait que le *Daily Gleaner,* le *Times Weekly* et des hibiscus en fleurs dans une coupe.

Le gouverneur portait une soixantaine couperosée. Ses mains, extrêmement soignées,
reposaient bien à plat sur le bureau. Il ne
sourit ni ne se leva. Il dit, d'un ton compassé :

— Asseyez-vous, je vous prie, monsieur,
heu... Bond, je crois.

Bond savait déjà que la réception serait
glaciale. Un ami à Londres l'avait prévenu.
Le gouverneur avait quasiment atteint l'âge
de la retraite. Quelques mois de patience, et
il aurait à Londres un poste de directeur général ou d'administrateur de sociétés. Aussi
sa devise actuelle était-elle : « Pas d'ennui,
pas d'histoires ». Or l'arrivée de Bond ne lui
disait rien qui vaille.

— Vous avez demandé à me voir ? dit-il,
après s'être éclairci la voix.

— En effet, monsieur, dit Bond. Je voulais me présenter à vous dès mon arrivée. Je
suis ici pour l'affaire Strangways. Vous avez
d'ailleurs dû recevoir à ce sujet un câble du
Secrétaire d'Etat.

C'était une façon élégante de faire comprendre au gouverneur que Bond ne se laisserait pas intimider.

— Parfaitement, dit le représentant de
Sa Majesté. Et que puis-je pour vous ? En
ce qui nous concerne, l'affaire est classée.

— « Classée » ? De quelle façon ? demanda Bond avec une innocence très bien jouée.

— Mais, dit le gouverneur, du ton patient qu'il aurait pris avec un simple d'esprit, Strangways a fait une fugue amoureuse, cela saute aux yeux. Certains de vos, heu, collègues, semblent incapables de se tenir tranquilles, dès que paraît le moindre jupon.

De toute évidence, Bond était compris dans cette navrante catégorie d'individus. Le pompeux sexagénaire poursuivit :

— Il n'en était pas à son premier scandale. Ce qui, soit dit en passant, est très regrettable pour le prestige de notre pays, monsieur, heu, Bond. Je souhaite personnellement que vos chefs envoient la prochaine fois quelqu'un de plus sérieux, puisqu'il paraît que c'est nécessaire. Quant à moi, j'ai toute confiance en notre police.

Bond sourit aimablement.

— Je ne manquerai pas, dit-il, de faire part de vos suggestions, à mon retour à Londres. Mon chef direct les examinera certainement avec le Ministre de la Défense et avec le Secrétaire d'Etat intéressé. Bien entendu, si vous voulez vous charger de ce travail supplémentaire, ce sera pour mon service un plaisir. Je ne doute pas de l'efficacité du commissaire de la Jamaïque.

Le gouverneur leva sur Bond un regard soupçonneux. Le gaillard ne paraissait pas décidé à se laisser faire. A manier avec précautions.

— Cher monsieur, dit-il, ceci n'est qu'un amical échange de vues. Souhaitez-vous voir quelqu'un en particulier, pendant que vous êtes là ?

— Je voudrais dire quelques mots au représentant du *Colonial Office*.

— A quel sujet, je vous prie ? demanda le gouverneur, inquiet.

— Il s'agit d'une histoire d'oiseaux à Crab Key. L'affaire nous a été transmise par le *Colonial Office*. J'ai besoin de précisions.

— Parfaitement, parfaitement, dit le gouverneur, visiblement soulagé. Je vais demander à monsieur Pleydell-Smith de vous recevoir immédiatement. Croyez-moi, l'affaire Strangways se résoudra toute seule. Nous les verrons bientôt revenir tous les deux.

Il se leva, tendit cérémonieusement la main à Bond.

— Eh bien, au revoir, mon cher. Ravi de vous avoir vu... Crab Key, je n'y suis jamais allé moi-même, mais c'est certainement un endroit délicieux.

— C'est ce que je me suis laissé dire, répondit Bond, en pensant à la réaction qu'aurait eue Quarrel, s'il avait entendu cette appréciation. La porte se ferma doucement derrière lui.

— Jeune freluquet ! laissa tomber du bout des lèvres le gouverneur de la Jamaïque.

Le chargé d'affaires qui reçut Bond était un grand garçon aux cheveux en broussailles, qui avait un regard d'enfant pris en faute. Il appartenait à la race des fumeurs de pipe nerveux, qui fouillent constamment leurs poches pour trouver des allumettes, leur blague à tabac ou leur cure-pipe.

Quand il eut fait cela trois fois pendant les dix premières minutes de l'entretien, il parut légèrement apaisé.

— Bond, Bond, Bond, dit-il d'un air songeur, ça me dit quelque chose. Ah, j'y suis ! C'est vous qui vous êtes occupé de cette affaire de trésor, il y a quatre ou cinq ans. J'ai revu le dossier, par hasard, il y a quelques jours. Un coup extraordinaire !... Si vous pouviez de nouveau mettre ici un peu d'animation ! Quel pays !... Ils ne parlent que fédération et auto-détermination, alors qu'ils ne sont même pas capables de faire marcher un service d'autobus. Et le problème des races !... Mais mon pauvre ami, il y a dix fois plus d'histoires entre un Jamaïquain aux cheveux raides et un Jamaïquain aux cheveux frisés qu'entre ma cuisinière noire et moi. Enfin !

« Dites-moi en quoi je peux vous être utile. De toute façon, ce sera plus intéressant que ces dossiers insipides que j'ai là. »

Bond sourit. Il avait trouvé un allié dans la place.

— Je suis ici, commença-t-il, pour éclaircir l'affaire Strangways. Mais, avant toute chose, je veux vous poser une question qui va vous paraître absurde. Dans quelles circonstances exactes avez-vous consulté le dossier qui me concerne ? Quelqu'un vous l'a-t-il demandé ? Je ne voudrais pas être indiscret, mais je suis curieux.

— Cela fait partie de votre métier, dit Pleydell-Smith avec sympathie. Laissez-moi réfléchir... Je me souviens. J'ai vu le dossier sur le bureau de ma secrétaire. Il n'y a pas très longtemps qu'elle est là, elle se met au courant. Remarquez bien, se hâta-t-il d'ajouter, qu'elle avait sur sa table quantité de dossiers. Il se trouve que c'est le vôtre que j'ai ouvert, c'est tout.

— Je vous remercie, dit Bond. Il ne faut pas m'en vouloir, mais beaucoup de gens ont l'air de s'intéresser à mes faits et gestes depuis que je suis ici. En fait, j'étais venu vous demander de me parler de Crab Key. Que savez-vous du Docteur No, du guano?

— Je pourrais vous parler du guano pendant des heures, malheureux! dit Pleydell-Smith en riant. Mon premier poste était au Pérou et j'avais tout le temps des gens à voir à la Compagnie Administratrice du Guano. Alors, vous pensez! En ce qui concerne le Docteur No, je vais demander le dossier.

Il sonna. Une porte s'ouvrit dans le dos de Bond.

— Miss Taro, dit Pleydell-Smith, je voudrais le dossier Crab Key. Il y en a deux, d'ailleurs : un sur la vente de l'île, et un sur le rapport du gardien qui est mort avant Noël. Miss Longfellow saura où les trouver.

— Bien, monsieur, dit une voix douce, et la porte se referma.

— Revenons au guano, dit Pleydell-Smith. Il est formé par les excréments des oiseaux. Dans le cas de Crab Key, il s'agit du cormoran vert, exclusivement. Il mange des tonnes d'anchois et les convertit en guano. Voilà le processus, grosso modo. Ainsi se constitue l'île à guano. Quand vous pensez qu'il en est ainsi depuis la Genèse, vous imaginez ce que cela représente : des millions de tonnes de guano. Or, au milieu du siècle dernier, on a découvert que le guano était un extraordinaire fertilisant naturel, bourré de nitrates et de phosphates. Alors les bateaux se sont rués sur les îles à guano et les ont dévastées. Il y a eu une espèce de ruée vers l'or du guano. Une concurrence énorme. Les rivaux n'hésitaient pas à se massacrer les uns les autres. On vendait en secret des îles à guano inconnues. Bien des fortunes se sont bâties ainsi.

— Et Crab Key? risqua timidement Bond.

— Crab Key est la seule île de rapport située aussi au nord. Mais son guano a une faible teneur en nitrate. On l'exploitait quand le prix du guano était très élevé. Puis les Allemands inventèrent les engrais chimiques. Le gouvernement du Pérou, le plus riche en guano, comprit qu'il fallait tout d'abord reconstituer les réserves et ne pas les exploiter à tort et à travers. Les Péruviens en ont fait une industrie nationalisée et ont veillé à la protection des oiseaux. Le temps leur a donné raison quand on a découvert que le guano est bien plus efficace en agriculture que les engrais artificiels. C'est là qu'intervient de nouveau

Crab Key. Au début de la dernière guerre, un Chinois a eu l'idée d'acheter l'île pour la réexploiter. Il a importé de la main-d'œuvre, s'est équipé en matériel le plus récent et, chaque mois, il envoie son engrais directement à Anvers.

« Son île est une véritable forteresse. Des bruits bizarres ont couru, mais personne ne s'est jamais plaint. »

— Crab Key vaut-il réellement cher ?

— Chaque couple de cormorans produit environ 2 dollars de guano par an, sans coûter un sou. Chaque femelle pond trois œufs deux fois par an. Disons qu'un couple vaut quinze dollars et qu'il y a environ cent mille oiseaux à Crab Key. C'est une estimation raisonnable, d'après ce que nous savons. Ces oiseaux valent donc 1 million et demi de dollars, ce qui n'est déjà pas mal. Ajoutez à cela la valeur des installations, soit un autre million de dollars. Vous voyez que cet endroit hideux vaut une petite fortune.

« Mais, au fait, que fait ma secrétaire avec ces dossiers ? Vous aurez là toutes les précisions. »

Pleydell-Smith appuya sur un bouton. La porte s'ouvrit :

— Eh bien, miss Taro, dit-il avec agacement, et ces dossiers que je vous ai demandés ?

— Monsieur, dit la voix douce, je suis désolée, mais nous ne les trouvons nulle part. Ils ont disparu.

— Comment, disparu ? tonna Pleydell-Smith. Mais c'est inadmissible ! Qui a eu le dossier Crab Key en main, récemment ?

— C'est le commandant Strangways, monsieur, qui a eu le dernier les deux dossiers.

— Mais, voyons, je me souviens parfaitement qu'il les a rapportés ici.

— Je ne sais pas, monsieur, dit la secrétaire, d'une voix neutre. Les chemises sont bien là, mais il n'y a rien dedans.

Bond fit un discret demi-tour sur sa chaise. Il jeta un rapide coup d'œil sur la jeune fille.

Il était fixé. Il savait où était le dossier Crab Key, et aussi comment son dossier personnel avait atterri sur le bureau de la secrétaire. Il comprenait d'où venaient les fuites qui lui avaient semblé inexplicables.

Comme le docteur No, comme Annabel Chung, la petite secrétaire, au regard impersonnel derrière ses lunettes d'écaille, était, elle aussi, une Chinoise.

VI

Pleydell-Smith et Bond déjeunèrent ensemble au *Queen's Club*. La conversation roula surtout sur la Jamaïque.

— N'oubliez pas, disait Pleydell-Smith en savourant son café, que le Jamaïquain n'est qu'indolence et gentillesse. Il a les qualités et les défauts d'un enfant. Il vit sur une terre très riche, mais il est incapable de faire fortune. Il ne sait pas s'y prendre, et il est bien trop paresseux. Puis les Anglais sont venus. Ils ont pris ce qui était le plus facile à prendre et ils se sont enrichis. Mais, depuis deux cents ans, aucun Anglais n'a fait véritablement fortune ici. Ils ne restent pas assez longtemps. Ils se contentent de ramasser un bon paquet et puis ils s'en vont. Ce sont les Juifs portugais qui ont su profiter de l'aubaine. Ils sont arrivés en même temps que les Anglais, mais, eux, ils sont restés. Par malheur, ils sont vaniteux et dépensent des sommes folles pour se faire construire des maisons magnifiques, ou pour donner les fêtes les plus élégantes. Leurs noms remplissent la colonne des mondanités dans le *Gleaner*. Leur argent vient surtout du rhum et du tabac. De plus, ils représentent les grandes firmes britanniques, les voitures, les grandes compagnies d'assurances, etc.

« Ensuite sont venus les Syriens. Ils représentent pas mal d'argent, mais ce sont des hommes d'affaires moins redoutables que les Portugais. Ils possèdent la plupart des magasins et quelques-uns des meilleurs hôtels. Pour finir, il y a les Chinois, solides, efficaces, discrets; la colonie la plus puissante de la Jamaïque. Ils ont les boulangeries, les blanchisseries et, d'une façon générale, les magasins d'alimentation. Ils ne se mélangent pas aux autres et restent entre eux. De temps en temps, bien sûr, ils engrossent une négresse. Vous pouvez voir le résultat à Kingston, principalement.

Ainsi se constitue peu à peu une race très particulière. Elle a barres sur les noirs, et les Chinois ont barres sur elle. Ces métis peuvent devenir dangereux, si on n'y prend garde. Comme les Chinois, ils sont intelligents, mais ils ont presque tous les vices des noirs, en plus sournois. La police, du reste, a des tas d'ennuis avec eux.

— Votre secrétaire, dit Bond, appartient à cette race, je crois.

— En effet. Elle est remarquablement efficace. Je ne l'ai que depuis six mois. Elle était de loin la plus brillante des candidates qui ont répondu à l'annonce.

— Est-ce une communauté organisée, avec un chef ?

— Pas encore. Mais cela viendra certainement. Ce jour-là, c'est une minorité avec laquelle il faudra compter. Ceci me rappelle, ajouta Pleydell-Smith en regardant sa montre, l'histoire des dossiers. C'est insensé ! Je me souviens parfaitement...

Embarrassé, il laissa sa phrase en l'air.

— Enfin, reprit-il, je vais aller mener ma petite enquête. Le plus clair de l'affaire, c'est que je n'ai guère pu vous être utile. Mais consolez-vous, il n'y avait pas grand-chose dans les dossiers. Ce docteur No est un homme fort discret. Avant que la Société Audubon ne s'en mêlât, c'est à peine si on avait entendu parler de lui. Quant à l'île proprement dite, vous n'auriez trouvé qu'une ou deux cartes datant d'avant-guerre, et une copie du dernier relevé d'arpentage. C'est, je crois, un affreux endroit : des kilomètres de marais et, au bout de l'île, un énorme tas de guano.

Bond sourit, à cette engageante description.

— Voulez-vous, s'enquit Pleydell-Smith, que je vous dépose à l'Institut, où ils possèdent certainement une carte de l'île ?

— J'allais vous en prier, dit Bond.

Une heure plus tard, il était assis dans une salle obscure qui sentait le renfermé. Devant lui s'étalait une carte de Crab Key, datée de 1910. Il en fit le relevé avec un papier calque, généreusement fourni par l'Institut.

L'île mesurait environ quatre-vingts kilomètres carrés. Les trois quarts étaient constitués par des marais et par un lac peu profond. Du lac partait une mince rivière, qui s'achevait sur la côte sud dans une baie sablonneuse. Bond supposa que les gardiens de la Société Audubon avaient dû installer leur camp non loin de l'embouchure de la rivière. A l'ouest, l'île finissait par un promontoire de plus de cent cinquante mètres. Dessous, on lisait cette inscription à l'encre rouge : « Dépôt de Guano. Exploitation arrêtée en 1880. »

Sur la carte, il n'y avait pas trace de route, ni même de sentier. De maison, pas davantage.

On ne voyait pas grand-chose d'autre. L'île était située à environ cinquante kilomètres de la Jamaïque et à cent kilomètres au sud de Cuba. Crab Key était baignée par une eau peu profonde, excepté à l'ouest, vers Cuba.

Bond se sentait soudain épuisé. Il n'était pas quatre heures de l'après-midi, mais il régnait à Kingston une chaleur de four. La chemise lui collait à la peau. Il quitta l'Institut avec la satisfaction du devoir accompli et héla un taxi.

— A l'hôtel des *Montagnes Bleues,* dit-il.

A la réception, Quarrel n'avait laissé aucun message.

— On vous a fait porter une corbeille de fruits de King House, tout de suite après le déjeuner.

La voix de la jeune employée était pleine de respect.

— Qui l'a apportée ? demanda Bond.

— Un homme de couleur. Il a dit que

c'était de la part du bureau du Gouverneur.

— Je vous remercie, mademoiselle.

Il prit sa clef et monta quatre à quatre. Il s'assura que son revolver était chargé. On ne sait jamais. Ses soupçons étaient peut-être ridicules. Doucement, il tourna la clef dans la serrure et ouvrit la porte d'un coup de pied.

La chambre était vide. Il inspecta soigneusement la pièce et referma la porte à clef derrière lui. Bien en évidence sur le guéridon, trônait un superbe panier, enrubanné et rempli de fruits : mandarines bien gonflées, pamplemousses, bananes roses, pommes luisantes, et même, sur le dessus de la corbeille, deux brugnons de serre.

Une enveloppe immaculée couronnait le tout. Bond s'en saisit avec précautions et l'ouvrit. Sur l'épais bristol on lisait : « Avec les compliments de Son Excellence le Gouverneur. »

— Hum, grogna Bond, cela ne lui ressemble pas !

Il souleva la corbeille de fruits et, l'oreille collée à la vannerie, écouta. Rien. Alors, il renversa le contenu du panier sur le tapis. Aucun objet suspect n'apparut.

Bond haussa les épaules. Que de précautions, pour cet innocent cadeau ! Il fronça les sourcils. Il y avait encore une possibilité. Il prit le brugnon le plus doré, le fruit qui lui parut le plus tentant, et l'emporta dans la salle de bains. Il le posa dans le lavabo et revint dans sa chambre. Sans hâte, il alla à sa valise. Les marques de talc qu'il avait pris la précaution de répandre autour de la serrure ne trompaient pas, non plus que les fines égratignures faites au cuir. « Ces gens, se dit Bond, ne sont pas aussi adroits que d'autres que j'ai connus. »

Il vérifia soigneusement le contenu de la valise. Tout y était. De sa « boîte à outils » spéciale, il tira une loupe de bijoutier. Il la vissa à son œil, retourna à la salle de bains et alluma la lumière au-dessus du lavabo. Puis il saisit le fruit entre le pouce et l'index et, bien dans la lumière, commença à le tourner lentement entre les doigts. Il ne s'était pas trompé : il y avait dans le beau fruit une minuscule piqûre d'épingle, qui n'était visible qu'avec un verre grossissant.

Bond reposa le brugnon. Une lueur nouvelle dansait dans ses yeux. Ainsi c'était la guerre, la guerre sans merci. Il se sourit dans la glace, mais son regard était dur. La petite sonnette d'alarme qui avait retenti dans sa tête dès qu'il avait aperçu la jolie photographe chinoise, à sa descente d'avion, l'avait fidèlement averti. Danger !

Strangways et Mary Trueblood avaient bel et bien été assassinés et leurs papiers détruits. Ils en savaient trop.

Ensuite Bond avait fait son entrée. Mais, grâce aux bons soins de miss Taro, la secrétaire de Pleydell-Smith, on l'attendait. Un véritable comité d'accueil : Annabel Chung, le chauffeur du taxi vide, qui l'avait sans doute suivi jusqu'à l'hôtel des *Montagnes Bleues*.

— Messieurs les Chinois, tirez les premiers !

Eh bien, voilà qui était fait ! Ils avaient manqué leur coup. Mais on pouvait leur faire confiance, ils ne se décourageraient pas pour si peu.

Qui était derrière eux ? D'ores et déjà, Bond avait un rendez-vous qu'il était décidé à ne manquer à aucun prix.

Il ne souriait plus.

— A nous deux, docteur No ! dit-il.

A pas lents, il rentra dans la chambre à coucher et, un par un, examina tous les fruits à la loupe. Tous portaient un minuscule trou, toujours caché dans un repli de l'écorce, ou tout près de la tige.

Bond sonna pour demander une boîte en

carton, de la ficelle et du papier. Il fit du tout un paquet, emballant soigneusement les fruits, un par un. Puis il appela Pleydell-Smith, au Palais du Gouverneur.

— C'est encore moi, dit-il. Je voudrais savoir si à Kingston il y a un laboratoire d'analyses sérieux... Oui?... Parfait! Alors je vous envoie un paquet! Soyez assez gentil pour le faire parvenir vous-même au laboratoire. J'aimerais que mon nom ne fût pas mentionné. Je vous expliquerai pourquoi. Quand vous aurez le rapport d'analyse, voulez-vous me télégraphier la réponse. Toute la semaine, je serai à Beau Désert, Port Morgan. Désolé d'être aussi mystérieux. Je vous raconterai, la prochaine fois que nous nous verrons. Merci infiniment. Au revoir.

Bond descendit et confia le paquet à un taxi, avec un gros pourboire.

— A ne remettre qu'en main propre, spécifia-t-il.

Il était six heures du soir. Bond prit une douche, se changea et commanda son premier verre. Le téléphone sonna. C'était Quarrel.

— Tout est paré, cap'taine, dit-il triomphalement.

— Parfait, dit Bond. Et pour la maison?

— Elle était libre. J'ai fait tout comme vous m'aviez dit.

— Alors à demain matin. Bonsoir.

On pouvait vraiment se fier à Quarrel. Il était discret, efficace. Bond sortit sur le balcon. Le soleil se couchait. Une ombre d'un violet profond allait descendre sur la ville et sur le port. Au même moment, les lumières de Kingston s'allumèrent, presque toutes ensemble. Un avion bourdonnait dans le ciel. C'était un Super-Constellation, le même que celui qui la veille avait amené Bond. Celui-ci laissa errer son regard sur la mer. Combien de choses s'étaient passées en vingt-quatre heures !... « M » aurait été bien surpris s'il avait connu la situation. Bond croyait l'entendre : « Une cure de repos », avait-il jeté, d'un air méprisant.

Bond possédait un poste émetteur. Avertirait-il « M » ? Pour lui dire quoi ?

« Monsieur, le vilain docteur No m'a envoyé des fruits empoisonnés. »

Il imaginait la réaction. « M » deviendrait violet et appuierait sur le bouton de l'interphone. Il appellerait son chef d'état-major.

— Ce pauvre 007, dirait-il, a complètement perdu les pédales. Il prétend qu'on lui a offert une banane empoisonnée. Je vous demande un peu ! Il a été à l'hôpital trop

longtemps. Il ne vaut plus rien. Rappelez-le
immédiatement.

Bond fit une grimace ironique. Cela ne
se passerait peut-être pas tout à fait comme
cela, mais presque. Non, il ne dirait rien !
Il attendrait d'avoir d'autres preuves plus
convaincantes. Evidemment, si les choses
tournaient mal sans qu'il eût prévenu le
moins du monde ses chefs, il aurait des ennuis.

Bond se redressa. C'était à lui de veiller
au grain.

Et le gouverneur ? Fallait-il le prévenir ?
A la seule pensée de ce qu'était le pompeux
personnage, Bond opta pour la négative.

Il dîna tôt. Et à neuf heures du soir il
était couché. Ses affaires étaient toutes prê-
tes pour le lendemain. Il avait réglé sa note
et demandé qu'on le réveillât à cinq heures
et demie. Il s'était barricadé dans sa chambre, fermant même les jalousies, pour plus
de précautions. La nuit serait étouffante, mais
tant pis. Bond se glissa tout nu sous le drap
de coton et plaça son Walther sous l'oreiller.
Il détestait dormir seul.

Au milieu de la nuit, il s'éveilla brusquement. A sa montre lumineuse, il vit qu'il
était trois heures du matin. Rigoureusement
immobile, il tendit l'oreille. Dans la cham-

bre, pas un bruit. Dehors, également, tout était calme. Au loin, un chien aboya dans la nuit, bientôt suivi par d'autres. Il y eut un bref concert de hurlements, qui cessa aussi brutalement qu'il avait commencé. Le silence retomba, pesant. Un rayon de lune filtrait à travers les jalousies baissées. Qu'est-ce qui avait bien pu réveiller Bond ? Il bougea avec précautions, prêt à jaillir du lit. Il n'acheva pas son mouvement.

Sur sa cheville droite, quelque chose rampait. Maintenant la « chose » montait le long du mollet. Bond sentait des douzaines de pattes, qui fouillaient les poils de sa jambe. Ce devait être une sorte d'insecte. Il se risqua à soulever légèrement la tête. Bon Dieu ! C'était long comme la main !

Alors Bond entendit un bruit qu'il n'avait jamais entendu de sa vie. Oui, il entendit distinctement ses cheveux se dresser sur sa tête, heurtant l'oreiller. C'était incroyable... Il avait toujours pensé que c'était là une façon de parler, faite pour frapper l'imagination. Et voilà que cela lui arrivait à lui !

La chose se déplaçait lentement. Tout à coup, Bond comprit qu'il était tout simplement terrifié. L'instinct, avant le cerveau, avait averti son corps. Le premier, il avait su qu'un scolopendre venimeux rampait sur sa jambe.

Tout raide, il gisait sur le lit, inondé d'une sueur glacée. Son esprit restait clair. Il se souvenait d'avoir vu une fois un scolopendre tropical, conservé dans une bouteille d'alcool, au British Museum. L'animal mesurait une vingtaine de centimètres, comme celui-là. Un long mille pattes marron clair, très plat. Bond avait remarqué, de chaque côté de la tête, de petites antennes recourbées comme des griffes, dont les extrémités, précisait l'étiquette, contenaient un poison, mortel s'il pénétrait dans une artère.

Le scolopendre avait dépassé le genou. Il attaquait la cuisse.

« Quoi qu'il arrive, se jura Bond, ne pas bouger, ne pas trembler ! » Il ne sentait plus rien d'autre que ces deux rangées de pattes qui grimpaient, qui grimpaient...

Elles rampaient vers l'aine et sa chaleur. Bond serra les dents. Une démangeaison presque irrésistible... Non, ne pas bouger, sinon c'était inévitablement la piqûre !

La peau du ventre était hérissée d'une chair de poule que Bond était impuissant à réprimer. Mais le scolopendre ne s'attarda pas. Il montait vers l'estomac, en s'agrippant bien fort.

— Ça y est, se dit Bond, il est au cœur !
S'il pique, tout est fini.

Mais il traversa gentiment et passa sur
le sein droit, et, de là, se dirigea vers la base
du cou, où il s'arrêta.

Que se passait-il ? La bête semblait chercher, hésiter... probablement intriguée par
le tressaillement de la veine jugulaire. Si
seulement Bond avait pu contenir le battement de son sang ! Désespérément, il
essayait de communiquer avec le scolopendre,
de le rassurer.

« N'aie pas peur ! lui soufflait-il mentalement, ce battement n'est pas dangereux
pour toi. Va-t'en ! Sors de là. »

Comme s'il avait compris, l'animal se remit en route. Il était sur le menton de Bond,
au coin de la bouche, le long du nez.

— Il ne faut pas que je me gratte, il ne
faut pas, se répétait Bond.

Rapidement, la bête passa au-dessus de
l'œil et gagna le front. Pendant d'interminables secondes il resta là, blotti.

« Que fait-il, mon Dieu ? » Il buvait ! Il
léchait les gouttes de sueur qui avaient perlé
au front de l'homme. Bond, malade d'angoisse, sentait la sueur qui baignait tout son
corps, qui trempait le drap. Il allait frissonner. Il ne pourrait pas s'en empêcher. La

bouche ouverte, il s'efforçait de contrôler sa respiration. Là, doucement ! L'insecte se remit à bouger. Il entra dans la forêt de cheveux. Et s'il allait rester là ? S'y complaire ?... Comment dorment les scolopendres ?... Lovés ?... A plat ?...

« Sors de là, va-t'en ! » émettait désespérément le cerveau de Bond.

Enfin la bête se décida et prit appui sur l'oreiller. Bond entendait le crissement doux des pattes sur l'étoffe. Il eut la force d'attendre encore une seconde. Alors, libre de nouveau, vivant, il se rua hors du lit et se précipita sur le commutateur pour allumer. Tout son corps tremblait nerveusement.

Il se contraignit à revenir vers le lit. La charmante bestiole était toujours là, au creux de l'oreiller. La première intention de Bond fut de jeter l'oreiller au loin. Une fois encore il se retint.

— Du calme, murmura-t-il. Ressaisissons-nous. Rien ne presse.

Redevenu maître de lui, il attrapa doucement l'oreiller par un coin et le laissa tomber sur la descente de lit. Dérangé, le scolopendre se mit à ramper sur le tapis. Posément, Bond chercha du regard un instrument, pour tuer l'horrible insecte.

— Une chaussure, voilà qui fera l'affaire.

Il sentait que le danger était passé, et déjà se demandait comment l'animal avait bien pu arriver jusqu'au lit. Lentement, il leva la chaussure et l'abattit sur le sol. Il y eut un craquement.

Le scolopendre se tordait, secoué par les spasmes de l'agonie.

Une seconde fois, Bond frappa.

Il n'y avait plus par terre qu'une bouillie jaunâtre.

Bond jeta le soulier et courut vers la salle de bains.

Alors, les tempes battantes, la sueur au front, il vomit.

VII

— Dis-moi, Quarrel, demanda Bond d'un ton léger, y a-t-il beaucoup de scolopendres à la Jamaïque?

— Des scolopendres, cap'taine, il y en a quelques-uns de mauvais, par ici. De ceux qui tuent. Ils vivent surtout dans les vieilles maisons pourries et dans le bois moisi. Ils sortent la nuit. Pourquoi vous me demandez ça, cap'taine? Vous en avez vu un?

Délibérément, Bond ignora la question. Il se garda également de raconter à Quarrel l'histoire des fruits. Quarrel était un brave, mais à quoi bon l'inquiéter?

— Peut-on en trouver dans une maison moderne? Je veux dire dans un tiroir, par exemple, ou dans une chaussure?

— Jamais de la vie, dit Quarrel d'une voix sans réplique. Sauf si on les y met exprès. Ça n'aime pas le propre, ces animaux-là. Ils restent dans les trous et dans les lézardes. Ça se pourrait que vous en trouviez sous des vieilles bûches ou des pierres. Mais pas dans une maison comme il faut.

— Je vois, dit Bond.

Et changeant de sujet :

— Au fait, sais-tu si nos deux remplaçants sont bien partis dans la Sunbeam ?

— Oui, cap'taine. Les gars étaient ravis. Dix livres par tête pour aller se balader, vous pensez ! En plus, on aurait dit vous et moi, tout crachés. Seulement, ajouta-t-il en se grattant la tête, ce ne sont pas des citoyens très recommandables. Vous comprenez, cap'taine, j'ai pris ce que j'ai trouvé. Pour moi, c'est un mendiant. Et pour vous, cap'taine, c'est encore pis. J'ai dégoté un vaurien de chez Betsy.

— Qui est Betsy ?

— C'est la patronne du plus grand bordel de Kingston. Chez elle, le type tient le registre.

— Ne soyons pas chatouilleux, dit Bond en riant. Pourvu qu'il sache conduire une voiture, le reste n'a pas d'importance. Espérons qu'ils sont bien arrivés à Montego.

— Ne vous bilez pas pour ça, cap'taine.
Comme je connais les gars, je leur ai dit que,
s'ils s'arrêtaient en route, j'irais dire à la
police qu'ils avaient volé la voiture.

L'inquiétude de Bond était d'un tout autre
ordre. Mais, cette fois encore, il ne détrompa
pas son fidèle lieutenant.

La petite Austin que Quarrel avait déni-
chée avait un excellent moteur. Bond condui-
sait avec un réel plaisir. Il y avait peu de
monde sur la route. De temps en temps, ils
croisaient un paysan, la faux sur l'épaule,
mâchonnant une racine de sucre de canne
pour son petit déjeuner, ou une femme qui,
son gros panier de fruits et de légumes sous
le bras, se rendait au marché de Stony Hill.
Elle portait ses chaussures sur la tête et ne
les mettrait qu'à l'entrée du village.

Scène paisible et familière, qui se dérou-
lait, immuable, depuis plus de deux siècles.

— Je vous demande pardon, cap'taine, dit
Quarrel, mais ça ne vous ennuyerait pas de
me dire ce qu'on va faire ? Ça m'a tracassé
hier toute la journée.

— Je ne le sais pas encore très bien moi-
même, avoua Bond. Comme je te l'ai expliqué, je suis venu parce que le commandant
Strangways et sa secrétaire ont disparu. Les
gens ici ont l'air de penser qu'ils sont partis

ensemble. Moi, je crois qu'ils ont été assassinés.

— Pas possible ! dit Quarrel, sans s'émouvoir pour autant. Vous savez qui a fait le coup ?

— Après réflexion, je suis tombé d'accord avec toi, ce doit être le bon docteur No, le Chinois de Crab Key. Strangways avait mis le nez dans ses affaires, et l'autre l'aura fait descendre. Remarque que ce n'est encore qu'une simple supposition. Mais il s'est passé de drôles de choses depuis mon arrivée. C'est pour cela que j'ai envoyée la Sunbeam à Montego, pour brouiller la piste. Pendant ce temps-là, nous nous cacherons quelques jours à Beau Désert.

— Et après, cap'taine ?

— Le premier objectif à atteindre, c'est de me remettre en forme physique, en m'entraînant comme la dernière fois. Tu te rappelles ?

— Je pense bien. Vous serez en forme, j'en réponds.

— Ensuite, toi et moi, nous irons faire un petit tour à Crab Key.

Pour toute réponse, Quarrel siffla. Le sifflement s'acheva sur une note grave.

— Nous ne jetterons qu'un coup d'œil, en évitant le docteur No. Je voudrais voir par moi-même le fameux sanctuaire des oiseaux et l'état dans lequel se trouve le camp des gardiens, appointés par la Société Audubon. Si je trouve quoi que ce soit de louche, nous reviendrons en force. Par la grande porte, cette fois. C'est impossible tant que nous n'avons pas un sérieux élément d'enquête. Qu'en penses-tu ?

Quarrel alluma une cigarette et ce fut derrière un épais nuage de fumée qu'il consentit à rendre son oracle.

— Cap'taine, laissa-t-il tomber, vous êtes complètement cinglé, sauf votre respect, de vouloir aller mourir sur cette bon Dieu d'île.

Bond ne broncha pas. Quarrel lui lança un regard de côté.

— C'est bon, dit Quarrel. Seulement, cap'taine, j'ai de la famille aux Caïmans. Je voudrais — la voix était embarrassée — je voudrais prendre une assurance sur la vie avant de partir...

Merveilleux Quarrel ! Bond l'aurait embrassé. Il le regarda bien en face. Sur le visage buriné, une ride profonde entre les deux yeux disait l'inquiétude du brave marin.

— C'est entendu, dit Bond. Dès demain, je prendrai une assurance pour toi à Port Maria, quelque chose de sérieux. Je m'en charge. Et maintenant, comment irons-nous là-bas ? En canoë ?

— C'est ce qu'il faut, lâcha Quarrel à regret. Une mer calme et un vent léger. Il faut attendre les alizés du nord-est et une nuit sombre. A la fin de la semaine, la lune entrera dans son deuxième quartier, ça devrait pouvoir aller. Où comptez-vous accoster, cap'taine ?

— Au sud, près de l'embouchure de la rivière. Nous la remonterons jusqu'au lac. C'est sûrement là qu'était le camp des gardiens. Ainsi nous aurons de l'eau potable et nous pourrons facilement pêcher du poisson.

Quarrel acquiesça sans enthousiasme.

— Combien de temps resterons-nous, cap'taine ? Parce que, de toute façon, nous ne pourrons pas emporter beaucoup de nourriture avec nous. Du pain, du fromage et du porc salé. Pas de tabac, la fumée nous ferait repérer. C'est un sale endroit : rien que des marais et des palétuviers noyés.

— Je pense qu'il faut compter trois jours. Le temps peut se gâter et nous paralyser une nuit, ou même deux. Nous prendrons deux bons couteaux de chasse et un revolver. On ne sait jamais ce qui nous attend.

— C'est bien vrai, cap'taine, approuva Quarrel d'un ton lugubre.

Il baissa la tête et, jusqu'à Port Maria, ne prononça plus une parole.

Ils traversèrent la petite ville tranquille et contournèrent le cap jusqu'à Port Morgan. Tout était bien comme Bond se le rappelait : le pain de sucre de l'île de la Surprise se dressait comme un doigt au milieu de la baie paisible; sur le sable, les barques étaient alignées sagement, à côté de petits monticules de coquillages vides. Le bruit du ressac sur les récifs qui, cinq ans plus tôt, avaient failli être fatals à Bond, parvenait, très doux, atténué par la distance.

Bond, le cœur plein de souvenirs, prit la petite route qui serpente entre les champs de canne à sucre. Bientôt, ils aperçurent la ruine du manoir de Beau Désert, plantée près du rivage comme un gallion échoué. Quarrel descendit ouvrir le portail qui menait au bungalow qu'ils avaient loué. Bond s'arrêta dans la cour, derrière la longue maison blanche à un étage.

Tout était parfaitement calme. Bond fit le tour de la maison, traversa la pelouse, face à la mer. Le regard perdu, il rêva un instant en se rappelant Solitaire, la jeune fille que, déchirée et perdant son sang, il avait ramenée de l'île de la Surprise. Il n'oublierait jamais les derniers mètres qu'il avait faits sur la pelouse, combien elle pesait dans ses bras !

Que lui était-il arrivé depuis ? Où était-elle maintenant ?... Bond haussa les épaules et chassa le charmant fantôme. Il était huit heures et demie. Il alla déballer ses affaires, se mit en short et en sandales. Quarrel avait pris possession de la cuisine; et bientôt monta la délicieuse odeur du bacon frit et du café fumant. Pendant le petit déjeuner, ils arrêtèrent leur emploi du temps. Lever à sept heures, un kilomètre à la nage, breakfast, bain de soleil pendant une heure, deux kilomètres de course à pied, nage, déjeuner, sieste, bain de soleil, nage de fond. Au retour, bain chaud et massage, dîner. Coucher à neuf heures.

Ils entamèrent le programme sans plus attendre. Aucun incident ne vint troubler cette laborieuse semaine. Bond commençait à se sentir renaître, quand deux nouvelles lui parvinrent. La première se résumait en quelques lignes dans le *Daily Gleaner* : une Sunbeam immatriculée H 2473 avait été violemment heurtée par un camion, dont le conducteur était activement recherché. Sous la violence du choc, les deux véhicules avaient quitté la route et étaient tombés dans un ravin. Les deux occupants de la Sunbeam,

Ben Gibbons, de Kingston, et Josiah Smith, sans adresse, avaient péri. Un certain monsieur Bond, touriste anglais, qui avait loué la voiture, était instamment prié de se présenter au poste de police le plus proche.

Bond brûla le journal, pour ne pas démoraliser Quarrel.

Dans un temps record — un jour seulement pour venir de Kingston — arriva le télégramme de Pleydell-Smith.

Il était ainsi conçu :

CHAQUE ECHANTILLON CONTENAIT ASSEZ DE CYANURE POUR TUER UN CHEVAL. STOP. POURQUOI NE PAS CHANGER D'EPICIER ? STOP. BONNE CHANCE. PLEYDELL-SMITH.

Bond brûla aussi le télégramme.

-:-

Quarrel se chargea de louer un bateau avec lequel ils s'entraînèrent pendant trois jours. La coque était grossièrement taillée dans le tronc d'un cotonnier géant. Deux bancs minces, deux lourdes rames, une petite voile de toile sale, et c'était tout.

— Il ne fait pas d'effet, dit Quarrel, mais vous le verrez à l'œuvre. Ils nous faudra sept ou huit heures au plus de voile. Nous finirons à la rame, pour que le radar nous repère moins facilement.

Il faisait toujours beau et la météo était optimiste. Les nuits étaient d'un noir d'encre. Les deux hommes s'équipèrent avec soin. Bond passa un vieux pantalon de toile noire, une chemise sombre et des espadrilles de corde.

Le dernier soir arriva. Bond était content de passer enfin à l'action. Il n'était sorti qu'une seule fois, pour faire les provisions et souscrire une assurance-vie pour Quarrel, selon le désir de celui-ci. L'aventure le tentait. Tout était réuni : le mystère, un ennemi sans merci, un exploit physique à accomplir. Il avait un compagnon sûr et sa cause était juste. Au fond de lui, il reconnaissait qu'il ne serait pas fâché non plus de montrer à « M » comment il comprenait les cures de repos. Cela lui était resté sur le cœur, cette façon méprisante de le dorloter.

Il sortit ses deux revolvers et les regarda longuement. Aucun d'eux ne lui serait jamais aussi cher que le Beretta. Mais il savait déjà, pour les avoir expérimentés, que « M » avait eu raison de lui imposer ces armes. Il se décida pour le Smith et Wesson, plus lourd et de plus longue portée. Il n'y aurait certainement pas de combat de près, si combat il y avait, à Crab Key.

Il ajusta le holster à sa ceinture de pantalon et emporta une bonne provision de balles. Pique-nique, peut-être, mais tout de même !

Il emporta au jardin une bouteille de Rye avec de la glace et du soda et, verre en main, regarda mourir le jour. Bientôt l'ombre l'enveloppa tout entier. Un vent de bon augure, qui soufflait du centre de l'île, faisait bruire les feuilles des palmiers. Près des arbustes, les reinettes coassaient mollement. Les lucioles commencèrent leur ballet lumineux.

Bond ressentait vivement l'angoisse du crépuscule tropical. Heureusement, il avait le remède à portée de la main, Il se versa une bonne rasade de Rye. Il ne savait pas très bien pourquoi il buvait. Etait-ce à cause des cinquante kilomètres de mer sombre qui l'attendaient ? Par crainte de l'inconnu, ou simplement pour ne pas penser au docteur No ? Pas encore !... Quarrel parut surgir de la nuit. Il revenait de la plage.

— C'est le moment d'y aller, cap'taine, dit-il.

Bond prit tout de même le temps de finir son verre.

L'eau clapotait doucement contre la coque du bateau. Bond se glissa entre le banc avant et la proue. Quarrel monta derrière. La voile, enroulée autour du mât, à portée de la main.

Bond poussa avec la pagaie. Sans heurt, le bateau tourna et, habilement dirigé, s'engagea dans la passe, entre les récifs que signalait seule l'écume des vagues. Les deux hommes pagayaient bien ensemble, unis, sans à-coup. Les pagaies entraient dans l'eau presque sans bruit. Il faisait sombre. Personne ne les vit quitter le rivage.

Le travail de Bond consistait à pagayer régulièrement, tandis que Quarrel, au gouvernail, guidait le bateau, d'une main sûre. A l'entrée de la passe, ils furent pris dans les tourbillons et les remous des courants contraires. Ballottés entre les récifs coupants comme des lames et les arbres de corail, Quarrel et Bond maintenaient l'embarcation à grands coups de pagaie. Dix fois peut-être, la pagaie de Bond heurta le roc avec un son mat. Un instant, il crut que le bateau allait heurter de plein fouet un massif de corail qui affleurait à peine, mais Quarrel l'évita au dernier moment.

Le passage difficile était franchi. Ils pénétrèrent en eau profonde.

— Oh, cap'taine, dit Quarrel.

Bond se releva et cessa de pagayer. Il entendait les ongles de Quarrel gratter la voile. Avec un claquement sec, la toile se déploya et prit le vent. Le petit voilier se redressa et se rua en avant. Une gerbe d'écume vint fouetter Bond en plein visage. L'air était très frais; bientôt il ferait froid. Bond se tassa sur lui-même, les bras autour des genoux. Le bois dur lui piquait les fesses. Ç'allait être une sale nuit à passer, longue et inconfortable.

Au-dessus de leurs têtes brillait la Voie Lactée, rassurante. Bond se retourna. Derrière la silhouette courbée de Quarrel se découpait une masse sombre : la Jamaïque. Les petits points lumineux qu'ils apercevaient sur la gauche devaient être les lumières de Port Maria. Ils avaient déjà parcouru deux miles. Bientôt ils auraient fait le dixième du chemin, le quart, puis la moitié. Il serait alors près de minuit, et ce serait au tour de Bond de guider le bateau. Il soupira, posa la tête sur les genoux et ferma les yeux.

Il dut dormir, sans bien s'en rendre compte, car il fut tiré de sa somnolence par

le raclement de la pagaie contre la coque.
Les aiguilles lumineuses de sa montre indiquaient minuit et quart. Il se déplia,
s'étira et, se tournant vers Quarrel :

— Excuse-moi, dit-il. Tu aurais dû me
secouer plus tôt !

Le son de sa propre voix lui parut bizarre,
comme rouillé. Un éclair blanc lui répondit.
Quarrel souriait.

— Ça vous a fait du bien de dormir.

Avec précautions ils changèrent de place.
Bond s'installa à l'arrière. Quarrel avait eu
soin de fixer le filin, derrière lui, à un crochet. Bond mit le cap sur l'étoile du nord.

La nuit paraissait plus épaisse, et plus
lent le flux de la mer endormie. C'était
comme une respiration profonde, un pouls
en sommeil. Ils traversèrent une flaque
phosphorescente. Les pagaies lançaient des
éclairs et luisaient comme des émeraudes.
Bond pagayait mécaniquement, et la nuit
glissait sur cette embarcation ridiculement
frêle. Un banc de poissons volants rompit
le calme nocturne, à moins de dix mètres
en avant. De nouveau, ils plongèrent, et le
silence retomba.

Une heure passa. Deux heures, trois heures, puis quatre heures du matin. A l'avant,

Quarrel s'éveilla et bougea. A voix basse, il appela Bond.

— Ça sent la terre, cap'taine, murmura-t-il.

Devant, l'obscurité paraissait plus dense. L'ombre, devant eux, prit lentement la forme d'un énorme rat d'eau; derrière montait lentement une lune pâle. Maintenant on distinguait clairement la forme de l'île, à quelque trois kilomètres, et on entendait le grondement atténué du ressac.

Quarrel releva Bond. Il amena la voile et ils reprirent les pagaies. Pendant plus d'un kilomètre encore, songeait Bond, ils seraient invisibles, masqués par le creux des vagues. Même le radar ne les distinguerait pas. Mais le dernier kilomètre serait le plus délicat. Il faudrait faire vite, car l'aube serait proche.

Maintenant, lui aussi sentait l'odeur de la terre. Ce n'était pas un parfum très particulier; simplement une nuance subtile, que le nez discernait après plusieurs heures de pleine mer.

Les vagues se faisaient plus courtes et plus serrées. Quarrel et Bond pagayaient avec rage, et la sueur ruisselait sur leur visage sombre. La coque, qui avait semblé glisser sur l'eau quand elle était portée par la voile, se faisait pesante et paraissait n'avancer qu'à peine. Les épaules de Bond étaient en feu et le genou sur lequel il s'appuyait était tout écorché. Il avait des crampes dans les bras et la pagaie pesait une tonne.

Mais la terre était proche. Des taches plus claires indiquaient les bancs de sable. Le ressac était devenu un grondement. Il y avait autour de l'île une véritable barre de récifs; mais, grâce à l'habileté de Quarrel, ils pénétrèrent sans mal dans la passe.

A présent, un courant favorable les poussait. Quarrel maintint le nez du canot au plus près. Et bientôt à la houle succéda le calme plat.

— Ça y est! jubila Bond. Nous remontons la rivière.

Quarrel dirigea le bateau sous le vent, vers un petit promontoire rocheux qui marquait le bout de la plage. Bond se demandait pourquoi la plage ne brillait pas au clair de lune. Ils touchèrent la terre. Bond sauta sur le sol. Alors il comprit. La plage était noire. Sous leurs pieds, le sable était merveilleusement doux, mais il devait provenir d'une roche volcanique émiettée depuis des siècles. Sur ce fond, les pieds nus de Bond ressemblaient à des crabes pâles.

Sans perdre un instant, ils cachèrent le bateau, après l'avoir amarré soigneusement. Il fallut le tirer sur dix mètres, jusqu'au bord du marais, sous les palétuviers. Là, ils le couvrirent avec des algues séchées et des branches. Quarrel recula, pour juger de l'effet. Leur travail était vraiment invisible. Alors il coupa deux palmes et balaya soigneusement les traces de leur passage.

Bond essuya la sueur de son front.

A l'est, une ligne grise prouvait que l'aube était proche. Il était cinq heures du matin. Les deux hommes étaient mortellement fatigués. Ils échangèrent quelques mots rapides, et Quarrel disparut parmi les rochers. Bond repéra une dépression dans le sable sec, bien camouflée sous un épais buisson. Il chassa quelques crabes qui s'y prélassaient et les rejeta dans le marais. Puis, sans se soucier davantage d'autres locataires éventuels, il se coucha de tout son long, sur le dos.

Il dormait.

VIII

Paresseusement, Bond ouvrit les yeux. Le sable, sous sa tête, lui rappela où il était. Il regarda sa montre. Dix heures du matin. Le soleil tapait dur, malgré les feuilles épaisses qui l'abritaient. Devant lui, il aperçut une ombre sur le sable. Quarrel ? Il écarta légèrement le rideau de feuilles qui le cachait. Il retint à grand-peine un sifflement. Son cœur cognait à grands coups. Pour le calmer, il se força à respirer profondément. Dans ses yeux clairs dansait une lueur nouvelle. Devant lui, et lui tournant le dos, il y avait une jeune femme nue.

A vrai dire, elle n'était pas complètement nue. Elle portait une large ceinture de cuir autour de la taille, et un couteau de chasse pendait dans un étui à sa hanche droite. La ceinture rendait cette nudité étonnamment érotique. A moins de trois mètres de Bond elle regardait fixement quelque chose, dans le creux de sa main.

Elle avait un bien joli dos. La peau était uniformément d'un café au lait très clair et paraissait satinée à souhait. Le dos musclé, plus qu'il n'est habituel chez une femme, se terminait par le plus ravissant derrière du monde, ferme et rond comme celui d'un garçon. Les jambes étaient longues et fines. Le talon, levé, laissait apercevoir une peau claire. Donc, ce n'était pas une sang-mêlé. Les cheveux blond cendré pendaient sur les épaules, en longues mèches mouillées. Un masque de pêche sous-marine, terminé par un tuyau vert, couronnait le front.

Toute la scène, la plage déserte, la mer turquoise et la jeune fille nue avec ses longs cheveux mouillés, rappelait à Bond quelque chose... La Vénus de Botticelli, vue de dos. C'était cela !

Comment cette fille était-elle venue là ? Que faisait-elle ?... Du regard, Bond parcourut la plage. Le sable n'était pas noir comme il l'avait cru, mais d'un brun chocolat. Vers la droite, il voyait la rivière jusqu'à son embouchure, à quelque trois cents mètres de là. La plage était entièrement déserte. Il n'y avait rien sur le sable, sinon des petits tas de coquillages rosés, des quantités, qui tranchaient sur le fond sombre du sol. Vers la gauche, à une dizaine de mètres, s'amorçaient les rochers d'un petit cap, et là, sur le sable, il y avait un canoë, qu'on avait tiré à l'abri des rochers. Ce devait être un bateau léger, sinon la jeune fille n'aurait pu le tirer seule. Mais peut-être n'était-elle pas seule.

Pourtant, il n'y avait sur le sol qu'une série d'empreintes. Etait-il possible qu'elle vécût là ? Ou bien elle aussi était-elle venue de la Jamaïque, dans la nuit ?... Mais non, c'était invraisemblable ! Comment une jeune fille seule aurait-elle pu parcourir cinquante kilomètres sur la mer dans l'obscurité, alors que deux hommes vigoureux comme Bond et Quarrel n'y avaient réussi qu'avec peine.

De toute façon, que pouvait-elle bien fabriquer là ? Comme pour donner une réponse à cette question muette, la fille, d'un geste vif de la main droite, jeta une douzaine de coquillages sur le sable, auprès d'elle. Ils étaient d'un rose violacé. Les mêmes, pensa Bond, que ceux qu'il avait déjà remarqués sur le rivage.

Puis elle se pencha vers le creux de sa main et siffla doucement... Il y avait dans sa voix une note de triomphe. Elle sifflait *Marion*, un calypso plaintif qui était devenu presque une scie, mais qui avait toujours été un des airs favoris de Bond.

Tout le long du jour, toute la nuit, Marion,
Sur le sable crissant, près de l'eau, je t'at-
[tends...

La jeune fille s'arrêta brusquement et s'étira, dans un geste gracieux. Bond sourit dans sa barbe et reprit le refrain :

Sur l'eau de ses yeux, on aurait pu voguer,
Et avec ses cheveux filer un cordage...

Les bras de la jeune fille retombèrent. Un frisson la parcourut tout entière et elle se raidit. Elle écoutait, la tête légèrement penchée, cachée par un buisson de cheveux humides.

Bravement, elle se remit à siffler, un sifflement hésitant qui mourut sur une note grave. Bond lui répondit.

D'un bond, la jeune fille se retourna. Elle n'essaya pas de voiler sa nudité, non. Elle se couvrit le visage.

— Qui est là ? murmura-t-elle, d'une voix terrifiée.

Nonchalamment, Bond se déplia et sortit de son buisson. Il tenait devant lui ses mains ouvertes pour bien montrer qu'elles étaient vides. Il sourit.

— Ce n'est que moi, dit-il. N'ayez pas peur.

D'un geste vif, la fille prit son couteau. Amusé, Bond la regardait faire. Il comprit pourquoi, tout à l'heure, instinctivement, elle avait caché son visage. Il était beau, avec des yeux d'un bleu profond sous les longs cils blondis par le soleil. La bouche était pleine et tendre. Un visage sérieux, volontaire, le visage de quelqu'un qui a dû se défendre seul. Pourtant, une fois, elle n'avait pas pu, car le nez était cassé, vilainement cassé, écrasé comme celui d'un boxeur. Bond se sentit bouillir de colère, en pensant à ce qui avait pu arriver à cette créature miraculeusement belle. C'était de ce pauvre nez qu'elle avait honte, et non de ses seins admirables, bruns et fermes comme le reste de son corps.

Ses yeux croisèrent ceux de Bond et soutinrent son regard.

— Qui êtes-vous ? Que faites-vous ici ? dit-elle.

Elle avait un léger accent chantant, l'accent de la Jamaïque. Mais la voix était brève, habituée à se faire obéir.

— Je suis Anglais, dit Bond, et j'ai la passion des oiseaux.

— Vraiment ? fit-elle, peu convaincue.

Sa main ne quittait pas le manche du couteau.

— Et depuis combien de temps me regardiez-vous ? Comment êtes-vous venu ici ?

— Ceci, ma chère, est une autre histoire. Mais la seule chose importante, c'est de savoir qui vous êtes, vous.

— Personne de bien intéressant. Je viens de la Jamaïque. Je ramasse des coquillages. Êtes-vous venu en bateau ?

— Mais oui.

— Alors où est-il ?

— Nous l'avons caché dans les palétuviers, mon ami et moi.

— Mais il n'y a pas de marques.

— C'est que nous les avons effacées. Nous sommes des gens prudents. Ce n'est pas comme vous. Au fait, êtes-vous venue à la voile ?

— Cette question ! Bien sûr, comme toujours !

— Alors on sait que vous êtes ici. Il y a un radar dans l'île.

— Ils ne m'ont encore jamais attrapée, dit-elle d'une voix pleine de défi.

Là-dessus, ayant sans doute pris définitivement la mesure de Bond, elle lâcha le couteau et ôta son masque de plongée sous-marine. Elle reprit, d'une voix plus douce :

— Quel est votre nom ?

— Bond. James Bond... Mais j'aimerais connaître le vôtre.

La question parut la surprendre. Après un moment de réflexion elle laissa tomber :

— Rider.

— Comment, Rider ? Ce n'est pas votre prénom ?

— Honeychile.

Bond sourit.

— Qu'y a-t-il donc de si drôle ? demanda-t-elle, vexée.

— Mais rien... C'est un nom ravissant. Honeychile Rider.

— On m'appelle Honey.

— Enchanté de faire votre connaissance.

Cette phrase banale sembla rappeler soudain à la jeune fille sa nudité. Elle rougit et dit d'une voix incertaine :

— Il faut que je m'habille.

Elle regarda les coquillages à ses pieds. De toute évidence, elle aurait bien voulu les emporter. Sans doute comprit-elle que ses yeux en avaient plus dit qu'une longue phrase.

— Je vous défends d'y toucher pendant

mon absence ! s'écria-t-elle d'une voix rogue.

Une lueur d'amusement passa dans le regard de Bond. Il ne releva pas le défi enfantin, et dit gentiment :

— Ne vous inquiétez pas, je vous les garde.

A nouveau elle le regarda, se demandant s'il disait vrai. Puis, après un geste vague, disparut dans les rochers.

Bond fit quelques pas et ramassa un coquillage. Il était vivant, et les deux moitiés bien serrées. On aurait dit une clovisse mauve. Le coquillage lui sembla banal et il le remit avec les autres. Ramassait-elle vraiment des coquillages ? Cela en avait tout l'air. Mais quel risque insensé, le long voyage seule dans la nuit et le retour épuisant !... De plus, elle semblait ne pas ignorer que Crab Key était un endroit dangereux. N'avait-elle pas dit : « Ils ne m'ont encore jamais attrapée ? »

Drôle de fille ! Bond se sentait empli de chaleur et presque de tendresse en pensant à elle. Il avait déjà oublié le nez brisé. Mais il n'avait pas oublié les yeux, ni la bouche, ni le corps splendides. Il y avait quelque chose de royal dans ce corps et dans la silhouette. Et cette façon d'attaquer... Sans hésitation, elle avait pris son couteau pour se défendre, seule, comme une femelle fière dont on attaque les petits. D'où venait-elle, où vivait-elle ? Qui étaient ses parents ?... Elle avait quelque chose d'abandonné, comme un bon chien dont personne ne veut...

Oui, qui était Honeychile Rider ?

Des pas rapides, derrière lui... Bond se retourna. Honeychile était presque en haillons. Elle portait une chemisette de toile brune aux manches déchirées et une jupe de coton marron toute marquée aux genoux, retenue à la taille par la ceinture de cuir et le couteau dans son fourreau.

Un sac de toile sur l'épaule, elle avançait souplement, très fille de la jungle.

Elle vint près de lui et, sans un mot, se baissa et enfouit dans son sac les coquillages.

— Sont-ils rares ? demanda Bond.

Elle se redressa et examina le visage de l'homme comme pour y chercher une arrière-pensée. Cet examen dut la satisfaire, car elle dit, d'un ton complice :

— Vous promettez que vous ne le direz à personne ?... Juré craché ?

— Juré ! dit Bond, le plus sérieusement du monde.

— Eh bien, dit-elle, et sa voix vibrait de fierté, ces coquillages sont rares. Très rares. A Miami, on m'en donne cinq dollars pour un spécimen. C'est une espèce qu'on appelle Vénus Elégante.

Ses yeux brillaient d'excitation, en avouant l'important secret.

— Ce matin, ajouta-t-elle, j'en ai trouvé là-bas toute une colonie.

Elle fit un geste vague vers la mer. Puis, avec une soudaine méfiance :

— Vous ne sauriez pas les trouver... Ils sont bien cachés. De plus, il faut plonger très profond. Ça m'étonnerait, que vous puissiez y arriver. De toute façon, j'ai l'intention d'écumer tout le coin aujourd'hui. Si vous voulez, je vous donnerai les moins beaux.

— Je vous remercie de votre générosité, dit Bond en riant. D'ailleurs mes intentions sont pures. Je n'ai pas du tout envie de vous voler vos coquillages... Juré craché, ajouta-t-il en la regardant dans les yeux.

Le sac était plein. Elle se redressa.

— Et vos oiseaux ? demanda-t-elle. Comment sont-ils ? Est-ce qu'ils valent cher ? Si vous me le dites, je ne le répéterai à personne. Juré craché... Tout ce qui m'intéresse, c'est les coquillages.

— Eh bien, dit Bond, c'est une sorte de flamant rose avec un bec plat. Est-ce que vous en avez déjà vu, par ici ?

— Oh, ceux-là ! dit-elle avec mépris. Il y

en avait des milliers, dans le temps. Mais maintenant il n'y en a presque plus. Ils les ont fait partir.

Elle s'assit dans le sable, les bras dorés autour des genoux, et très fière de sa science, certaine, à présent, qu'elle n'avait rien à craindre de ce séduisant ornithologue. Bond s'assit près d'elle, nonchalamment appuyé sur le coude. Il voulait conserver cette atmosphère de pique-nique, de camaraderie enfantine, de complicité, pour essayer d'en découvrir davantage au sujet de cette fille si curieuse et si belle.

— Pas possible! dit-il. Et savez-vous ce qui est arrivé à ces oiseaux?... Qui les a fait partir?

Elle haussa les épaules avec impatience.

— Les gens d'ici... Je ne sais pas qui ils sont, mais il y a un Chinois, et il n'aime pas les oiseaux. Il a un dragon, vous savez... Alors il a envoyé le dragon, et le dragon a craché des flammes et il a brûlé leurs nids... Alors ils sont tous partis. Et puis il y avait deux hommes, qui vivaient avec les oiseaux pour les surveiller, vous comprenez... Eh bien, le dragon les a tués aussi. Du moins je crois.

On aurait dit qu'elle racontait Barbe-

Bleue, et elle avait l'air de croire à son histoire.

— Ce dragon, demanda Bond, comment est-il ? Est-ce que vous l'avez vu ?

— Oui, je l'ai vu.

Elle avala sa salive avec peine, comme si ç'avait été quelque chose d'amer. Ses yeux bleus regardaient Bond avec un grand sérieux, comme pour le convaincre de partager ses sentiments.

— Ça fait un an que je viens ici pour chercher les coquillages, ou pour explorer. Il y a seulement un mois que j'ai eu la chance de trouver ceux-ci, fit-elle en tapant sur son sac. C'était à mon dernier voyage. Avant, j'en avais trouvé beaucoup d'autres, mais pas d'aussi rares. Juste avant Noël, j'ai pensé que je ferais bien d'explorer la rivière. Je l'ai remontée jusqu'au camp des gardiens. Tout était ravagé. Comme il était tard, j'ai décidé d'y passer la nuit. Tout d'un coup, j'ai été réveillée. Le dragon arrivait sur moi. Il avait deux grands yeux luisants, et une longue langue. Et puis deux ailes courtes, et une queue toute pointue... Il était noir et doré.

Elle fronça les sourcils en voyant l'expression de Bond.

— Je l'ai bien vu, dit-elle comme un enfant buté. Il faisait pleine lune et il était tout près. Il grondait. Il est passé par-dessus un buisson. Là, il y avait tout un nid d'oiseaux. Alors il a craché du feu par la bouche, et il les a brûlés. Ça sentait une odeur de chair grillée. C'était horrible. C'est la plus horrible chose que j'aie jamais vue.

Elle jeta un coup d'œil de côté à Bond, puis regarda tout droit devant elle, vers la mer.

— Je vois bien, dit-elle d'une voix fâchée, que vous ne me croyez pas. Vous êtes de ces gens des villes qui ne croient à rien. Pouah !

Elle vibrait de dégoût.

— Voyons, Honey, dit Bond, persuasif, les dragons, ça n'existe pas !... Vous avez vu quelque chose qui ressemblait à un dragon. Je me demande bien ce que c'était.

— Comment savez-vous que les dragons n'existent pas ? protesta-t-elle.

Cette fois, elle était vraiment en colère.

— Personne ne vit dans cette partie de l'île. Il pourrait très bien y avoir ici un dragon... Qu'est-ce que vous en savez, après tout ? Et qu'est-ce que vous savez des animaux ? Moi, je vis avec des serpents depuis que je suis toute petite. Toute seule. Je parie que vous n'avez jamais vu une mante-religieuse manger son mari... Là, j'en étais sûre!... Et la danse de la pieuvre? Vous l'avez vue, la danse de la pieuvre?... Et le serpent qui a une sonnette autour du cou et qui la secoue pour vous réveiller, vous l'avez déjà rencontré? Et un scorpion qui se tue lui-même avec son propre dard, vous en avez déjà vu?... Et les plantes sous-marines, la nuit, êtes-vous jamais allé les voir?

Elle se tut, à bout de souffle, et d'indignation.

— Vous êtes bien un type des villes comme les autres. Il n'y a rien à tirer de vous.

— Ecoutez-moi, Honey, dit Bond avec patience. Vous savez des choses que je ne sais pas. Mais ce n'est pas ma faute si j'ai vécu dans une ville. J'aimerais connaître tout ce dont vous parlez. Il se trouve que la vie en a décidé autrement. Mais il y a d'autres choses que je sais. Par exemple...

Bond s'arrêta, cherchant ce qui pourrait intéresser la jeune sauvagesse. Il ajouta, finalement :

— Par exemple, que le Chinois, cette fois-ci, essayera de vous empêcher de quitter l'île... Et moi aussi, par la même occasion.

Elle se tourna vers lui, surprise.

— Oh, vous croyez?... Mais ça ne fait

rien. Il n'y a qu'à se cacher tout le jour et s'échapper la nuit... Il a déjà envoyé des chiens, et même un avion pour m'attraper. Il ne m'a pas eue.

Elle examina Bond avec un intérêt nouveau.

— Est-ce que c'est vous qu'il veut attraper ? demanda-t-elle.

— J'ai bien peur que oui, reconnut Bond. Par précaution, nous avons fait les derniers kilomètres à la pagaie, pour ne pas nous faire repérer par le radar. Je crois que le Chinois m'attend. Il est probable qu'ils ont vu votre voile et qu'ils ont pris votre canoë pour le mien... Je vais réveiller mon ami, et nous allons voir ensemble ce qu'il faut faire. Mon ami s'appelle Quarrel. Je crois qu'il vous plaira.

— Je suis désolée si j'ai...

Elle laissa la phrase en suspens.

— Je ne pouvais pas deviner.

— Bien sûr, dit Bond. Ce n'est pas de chance, voilà tout. Pas de chance pour vous non plus. Vous ne deviez pas les gêner beaucoup. Mais j'ai bien peur que pour moi, il n'en soit pas de même.

Quarrel s'était bien caché. Il fallut à Bond cinq minutes pour le découvrir. Enfoui dans une anfractuosité, entre deux grands rochers, il était profondément endormi. Et son visage brun, dans le sommeil, exprimait une grande innocence. Bond siffla doucement, et sourit en voyant les yeux s'ouvrir tout grands, comme ceux d'un animal inquiet. Quarrel vit Bond, et se secoua d'un air coupable.

— Jour, cap'taine, dit-il. Je dormais dur.

Bond s'assit près de lui et lui raconta comment il avait rencontré Honeychile Rider et ses coquillages, et les conséquences qu'il en avait tirées.

— Il est onze heures, conclut-il, et il faut absolument que nous dressions un nouveau plan de bataille.

— Vous ne voulez tout de même pas que nous nous encombrions de cette fille ? dit Quarrel. Elle n'a rien à voir avec nous.

Il s'arrêta, dressa la tête. Il écoutait intensément. Bond retint sa respiration. Quarrel bondit sur ses pieds.

— Vite, cap'taine, dit-il, d'une voix pressante. Ils viennent.

IX

La baie était toujours vide. Mais sur la plage il n'y avait plus trace des coquillages de Honeychile, ni d'empreintes de pas. Quarrel avait tout effacé. Les deux hommes avaient tiré le canoë de la jeune fille entre les rochers et l'avaient caché sous les algues.

Quarrel était monté jusqu'à la pointe du cap pour observer la mer. Bond et la jeune fille, un peu à l'écart, l'attendaient. A cinq cents mètres environ, ils aperçurent un bateau. Le son du moteur leur parvenait, atténué par la distance. Mais ç'avait l'air d'être un bateau puissant. Le docteur No était-il à bord, dirigeant lui-même les recherches ? Probablement pas. Probablement laissait-il à d'autres le travail de simple police.

Un vol de cormorans passa au-dessus du trio. Bond observa les oiseaux avec intérêt. Après tout, ils étaient la première preuve qu'il y avait du guano à l'autre bout de l'île. Ce devait être, s'il fallait en croire la description de Pleydell-Smith, des éclaireurs à la recherche d'anchois, qui constituent la nourriture favorite de la colonie. Bond voyait les cormorans décrire des cercles concentriques, de plus en plus près de l'eau, et soudain, bec en avant, plonger sous la surface et ressortir, un poisson dans le bec.

Bond sentit la main de Honeychile sur son épaule. Désignant les oiseaux, elle dit :

— Je vous présente les poules aux œufs d'or du Chinois.

Bond se tourna vers elle. Elle avait l'air parfaitement insouciante, nullement préoccupée de ce qui les attendait. Pour elle, cela ne paraissait être qu'une variante du jeu de cache-cache, où elle était de première force. De tout son cœur, Bond souhaita que les choses ne se gâtassent pas. Les diésels étaient maintenant beaucoup plus bruyants.

Une dernière fois, Bond contempla la baie paisible, puis, résolument, il fixa le regard sur la pointe du cap.

L'étrave blanche apparut la première, suivie de huit mètres de pont vide, que couronnait une petite cabine, surmontée d'une sirène et d'un mât radio. A travers la glace, on apercevait la silhouette d'un homme. Un second marin vint rejoindre le premier. Tous deux étaient des noirs à la peau pâle, en chemise et pantalons kaki, qui portaient des casquettes de base-ball à longue visière. L'un d'eux tenait un porte-voix et l'autre une mitrailleuse sur son trépied.

L'homme au haut-parleur prit une paire de jumelles et commença à fouiller la plage. On entendait vaguement ce qu'il disait, malgré le bruit des diésels.

Les jumelles parcouraient la plage, méthodiquement, rocher par rocher. Bond les vit se fixer à l'endroit exact où il était caché avec Honeychile, puis se poser sur l'anfractuosité où était dissimulé le canoë de la jeune fille. Une bribe de dialogue excité leur parvint. L'homme passa les jumelles au tireur, qui inclina la tête affirmativement.

« Cette fois, ça y est ! se dit Bond. Ces gens connaissent leur travail. »

Il voyait le canon de la mitrailleuse, pointé droit sur eux. Le marin emboucha son porte-voix. La voix métallique et rocailleuse emplit la baie :

— Ça va, les gars. Sortez, on ne vous fera pas de mal.

Un accent américain, nota Bond, mentalement.

— On vous a vus, dépêchez-vous ! tonna le marin. On a vu le bateau. Alors pas la peine d'essayer de nous la faire. Sortez de là, les mains en l'air, et tout ira bien.

Le silence retomba. On entendait les vagues lécher doucement la plage, et au loin, le cri des cormorans. Honeychile respirait plus fort.

Doucement, Bond l'attrapa par la manche.

— Venez près de moi, dit-il. Ça diminuera la largeur de la cible.

Il sentait la chaleur du corps féminin. La joue de Honey effleura le bras de Bond.

— Enterrez-vous dans le sable, jeta-t-il. Le plus profond possible.

Il en fit autant. De tout son poids. Il collait au sable. Il sentit qu'à côté de lui Honey en faisait autant. En soulevant légèrement la tête, il apercevait tout juste le bateau. Encore une fois, le marin leva son haut-parleur.

— Comme vous voudrez, les gars ! grinça-t-il. On vous aura prévenus.

Il leva le pouce, et la mitrailleuse commença à cracher.

La dernière fois que Bond avait entendu crépiter une mitrailleuse, c'était dans les Ardennes.

« Tout cela, pensa-t-il, ne nous rajeunit pas. »

Les balles percutaient les rochers avec un bruit mat. Autour d'eux, le sable giclait. Enfin le silence revint.

Au loin, une nuée de cormorans affolés tournoyaient dans le ciel. Les yeux de Bond revinrent au bateau. Les deux hommes échangeaient quelques mots. Le haut-parleur rugit :

— Ça va ! Vous ne perdrez rien pour attendre.

Le bateau décrivit un demi-cercle dans la baie.

— Tout va bien, Honey, souffla Bond. Il n'y en a plus pour longtemps.

« Pauvre petite ! pensait-il. Tout ce qui lui arrive est de notre faute. »

Il eut juste le temps de plonger la tête dans le sable. Sans avertissement, cette fois, la mitrailleuse tirait de nouveau. Les balles ricochaient de tous côtés. Des morceaux de roc arrachés tombaient autour d'eux. La mitrailleuse crachait mécaniquement.

Il y eut un arrêt. « Cette fois, pensa Bond, c'est pour nous »... Il sentait la fille qui se collait contre lui en tremblant. Rassurant, il passa le bras autour des douces épaules.

La danse reprenait, le buisson, au-dessus d'eux, venait d'être haché par un chapelet de balles. Les feuilles déchiquetées retombèrent sur eux. L'air parut plus frais à Bond, ce qui voulait dire qu'ils étaient probablement à découvert. Etaient-ils cachés par les feuilles et par les débris ?... Dieu seul le savait !... Les balles pleuvaient toujours, mais un peu plus loin. Enfin tout s'arrêta.

La respiration de Honey était haletante.

— Si vous m'entendez toujours, les gars, hurla le haut-parleur, sachez qu'on va pas tarder à venir ramasser les morceaux. Et cette fois, on viendra avec les chiens... A tout de suite !

Le bruit du moteur s'amplifia. Le bateau mit le cap vers l'ouest. Quelques minutes passèrent. On n'entendait plus rien.

Bond se risqua à soulever la tête. La baie était vide.

Sur le visage de Honey, qui se relevait,

il y avait des traces de larmes. Elle avait l'air d'une petite fille terrifiée.

— C'était horrible, dit-elle. Pourquoi ont-ils fait cela ? Ils auraient pu nous tuer.

« Ce n'est pas l'envie qui leur en manquait », pensa Bond. Il comprit que si Honeychile était habituée à se défendre seule, c'était seulement contre la nature. Elle connaissait les animaux, les insectes, les poissons, les phases de la lune et les saisons. C'était son monde à elle, où elle était à l'aise. Mais, devant l'impitoyable monde des humains, elle était entièrement désarmée.

Il dit :

— Tout va bien, Honey... Ce ne sont que quelques sales types, qui ont peur de nous. Ne vous en faites pas. Ils ne nous auront pas... Vous avez été formidable, courageuse comme un homme. Venez, maintenant. Il faut chercher Quarrel. Et puis je crois qu'il est temps de manger... au fait, qu'est-ce que vous mangez, d'habitude, pendant vos expéditions ?

— Je mange surtout des oursins. Il y a aussi des bananes sauvages et des racines. Je n'emporte jamais de nourriture.

A quelques mètres, la tête du bon Quarrel apparut. Ils le rejoignirent en hâte. Le canoë d'Honeychile avait été transformé en passoire. Elle poussa un cri.

— Oh, mon bateau! gémit-elle avec désespoir. Comment vais-je faire pour rentrer?

— Ne vous en faites pas, ma petite demoiselle, dit Quarrel d'une voix bourrue. Le cap'taine vous en donnera un autre. Nous vous remmènerons avec nous... Nous avons un bon bateau qui est caché dans les palétuviers. J'en viens. Il est intact.

Sa voix était pleine de sympathie, car, mieux que Bond, il comprenait ce que pouvait signifier la perte d'un bateau, qui était probablement l'unique capital de la jeune fille.

Il se tourna vers Bond.

— Je vous l'avais bien dit, cap'taine. Ces types-là connaissent leur boulot. Faut pas leur en promettre. Et attendez les chiens... Ce sont des chiens policiers, des *pinscher,* paraît-il... Mes copains m'ont dit qu'il y en a au moins vingt. Il faut décider ce qu'on va faire, et ne pas se tromper.

— Bien sûr, Quarrel. Mais, d'abord, mangeons un morceau. En tout cas, ils se trompent s'ils croient nous impressionner. Pour rien au monde je ne quitterai cette île avant d'avoir jeté un coup d'œil un peu partout... Nous emmenons Honey.

Et, se tournant vers elle :

— Si cela vous va, Honey, venez avec nous. Ensuite, nous vous ramènerons à la Jamaïque.

— Je crois bien que je n'ai pas le choix, dit Honey, d'une toute petite voix. Je veux dire... Je suis bien contente d'aller avec vous. Je ne vous gênerai pas. Mais, je vous en prie, ramenez-moi aussi vite que vous pourrez. Je n'ai vraiment pas envie de revoir ces gens... Ça va vous prendre longtemps, vos oiseaux ?

— Pas très, dit Bond, évasif. Mais il faut que je voie ce qui leur est arrivé, et que je sache pourquoi. Il est midi, maintenant. Attendez-nous ici, et faites attention de ne pas laisser d'empreintes. Quarrel et moi, nous allons tâcher de mieux cacher le bateau. C'est la première chose à faire.

–:–

A une heure, les préparatifs étaient achevés. Bond et Quarrel avaient rempli le canoë de pierres et de sable et l'avaient immergé sous les palétuviers. Ils ne laissèrent aucune empreinte derrière eux. Ce n'était pas très difficile, car le sol à la suite de la mitraillade, était semé de feuilles déchi-

quetées et de branchages, qui formaient un
véritable tapis. Ils entamèrent leurs provisions; Bond et Quarrel, à belles dents; Honeychile, du bout des lèvres.

Puis ils commencèrent leur pénible marche dans les marais. Il faisait très chaud.
Un vent brûlant soufflait du nord-est.

— C'est comme ça tous les jours, dit
Quarrel. S'il n'y avait pas de vent, le guano
ne pourrait pas sécher.

Bond se félicitait d'avoir déjà la peau
tannée par le soleil. Il y avait une barre de
sable à l'embouchure de la rivière et un
étang peu profond, où l'eau stagnait. Il n'y
avait pas le choix, il fallait passer par-là.
Bond se tourna vers la jeune fille :

— La pruderie n'est pas de mise ici.
Nous garderons nos chemises, à cause du
soleil. Pour le reste, je crois qu'il vaut
mieux l'enlever. Vous marcherez derrière nous.

Sans attendre la réponse, les deux hommes quittèrent leur pantalon. Quarrel les
roula et les mit dans le sac aux provisions,
qui contenait également le revolver de
Bond.

L'eau arrivait à la taille de Bond. L'étang
se rétrécissait et les palétuviers commençaient. Un moment, ils marchèrent sous

un tunnel frais. La rivière devint plus profonde et se mit à serpenter. Le fond était
boueux; à chaque pas, leurs pieds s'enfonçaient dans la vase. Des poissons minuscules et des crevettes leur chatouillaient les
orteils; et, de temps en temps, ils s'arrêtaient pour arracher une sangsue.

Mais ce n'était pas trop terrible, et au
moins ils étaient à l'ombre. Pourtant, à mesure qu'ils s'éloignaient de la mer, l'atmosphère s'empuantissait. Il flottait dans
l'air l'odeur d'œufs pourris qui caractérise
l'hydrogène sulfureux qu'on trouve dans
les marais. Les moustiques firent leur ap-
parition et semblèrent apprécier vivement Bond.

— Vous avez du sel sur la peau, ils vous
trouvent à point, plaisanta Quarrel.

Bond enleva sa chemise et se lava dans la
rivière. Ça allait mieux. A la longue, même
l'odeur devenait supportable.

Les palétuviers s'éclaircissaient. La
rivière était plus large et le fond plus ferme.

— Attention, dit Honey, c'est l'endroit
le plus dangereux. Pendant un kilomètre et
demi, nous allons être presque à découvert.
Il faut ouvrir l'œil. Après, la rivière se ré-
trécit de nouveau, jusqu'au lac. Le camp des

gardiens était tout près de là, sur un lit de sable.

Ils s'arrêtèrent à l'ombre des derniers palétuviers. La rivière, vers l'intérieur de l'île, ondulait paresseusement. Le long de la rive ne poussaient plus que des bambous, qui ne cacheraient qu'à moitié les voyageurs.

A quelques kilomètres de distance, on apercevait un pain de sucre, qui était la *guanera*. Au pied, quelques huttes. Une traînée argentée zigzaguait jusqu'aux huttes. Sans doute les traces du camion qui portait le guano à la broyeuse et à la trieuse. Le sommet du pain de sucre était d'un blanc de neige. On distinguait très bien les points noirs, qui devaient être les cormorans. On aurait dit des abeilles s'affairant autour d'une ruche.

« Ainsi, pensa Bond, voilà donc le royaume du Docteur No! J'ai rarement vu un paysage aussi désolant. »

Il examina attentivement le sol, entre la rivière et la *guanera*. C'était du corail mort, d'un gris terne. On voyait aussi une bande de terre, bordée de buissons rabougris. Une route, sans doute, ou une piste, qui menait au lac et aux marais. Toute la végétation était penchée vers l'ouest. Bond s'imagina un instant vivant là toute l'année, comme le Docteur No, avec ce vent chaud qui balayait l'île sans répit, dans la puanteur des marais et du guano. Aucune colonie pénitentiaire n'aurait pu se trouver dans un endroit plus sinistre.

A l'est, au moins, le paysage était humanisé par la verdure des palétuviers, dans lesquels jacassaient des nuées d'oiseaux.

— Cap'taine, les voilà qui approchent, dit soudain Quarrel.

Un gros camion dévalait la piste du côté des huttes, en soulevant des nuages de poussière. Il fut visible plusieurs minutes, puis il disparut du côté des palétuviers, vers la rivière. Ils entendirent au loin les aboiements des chiens.

— Ils suivent la rivière, cap'taine, dit Quarrel. Ils savent bien que, si nous sommes pas morts, c'est là que nous sommes. Ils vont passer la rivière au peigne fin, c'est sûr. En tout cas, c'est ce que je ferais à leur place.

— C'est bien comme cela qu'ils font quand ils me cherchent, confirma Honey. Il n'y a qu'à couper un morceau de bambou. Quand ils approchent, vous vous accroupissez sous l'eau et vous respirez par le tuyau de bambou jusqu'à ce qu'ils soient partis.

Bond jeta un regard rapide à Quarrel.

— Tu t'occupes des bambous. Moi je vais chercher où nous cacher.

Il se tourna du côté des palétuviers noyés, en évitant de regarder vers la jeune fille.

— Ce n'est pas le moment de faire des manières, dit celle-ci, vous l'avez dit vous-même.

Bond la regarda. La chemise de Honey s'arrêtait au ras de l'eau. Elle sourit. Son nez cassé ne jurait pas, dans ce paysage rude. Elle parut comprendre l'inquiétude de son compagnon et le suivit, tandis qu'il s'enfonçait vers les arbres. Il trouva ce qu'il voulait : une brèche dans le mur que formaient les palétuviers.

— Faites attention de ne pas casser de branche au passage, jeta-t-il.

Ils courbèrent la tête. La trouée avait quelques mètres et finissait en cul-de-sac dans une mare. On ne pouvait pas aller plus loin. Sous leurs pieds, la boue était plus épaisse. Bond s'arrêta. Honey le rejoignit.

— C'est une vraie partie de cache-cache, dit-elle, tout excitée.

— Comme vous dites, répondit Bond.

Il pensait à son revolver et se demandait si l'arme serait encore utilisable après le bain qu'il s'apprêtait à lui faire prendre. Il ne pouvait pas s'empêcher de se sentir inquiet, à cause de la présence de Honey. Il ne lui en voulait pas, non. Mais l'ennemi aurait deux cibles au lieu d'une. Il avait une soif terrible. Il se pencha et but une grande gorgée d'eau, puis une seconde. Elle avait un goût saumâtre et sentait la terre. Une main se posa sur le bras de Bond.

— Ne buvez pas trop, dit Honey. Vous attraperiez la fièvre. Salivez et crachez.

Il fit ce qu'elle lui disait. Quarrel siffla doucement. Bond alla à sa rencontre. Quarrel aspergeait d'eau les racines des arbres, partout où il pensait que leurs corps avaient pu les frôler.

— Comme ça, les chiens ne pourront pas nous sentir, expliqua-t-il brièvement. J'ai cueilli du bambou, c'est fait.

Bond prit son revolver et une provision de balles. Puis ils revinrent à la grande mare que Bond avait repérée. Ils restèrent tout à fait immobiles, pour laisser reposer la boue. Des taches de soleil miroitaient dans l'eau à travers les feuilles. Les crevettes leur chatouillaient les jambes.

Ils étaient là, tendus, dans le silence chaud et étouffant.

Ce fut presque avec soulagement qu'ils entendirent les aboiements des chiens qui se rapprochaient.

X

Bottés jusqu'aux cuisses, deux hommes
en costumes de bain couraient derrière les
chiens en laisse, qu'ils retenaient à grand-
peine. Tous deux étaient de grands nègres
à la peau jaune. Des baudriers de cuir bar-
raient leur poitrine ruisselante de sueur. De
temps en temps, ils hurlaient quelques ju-
rons. Devant eux, la meute de *Dobermann-
pinschers* nageait et pataugeait en aboyant.
Ils tiraient frénétiquement sur leurs laisses.
Ils suivaient la trace avec ardeur.

— Z'ont peut-être bien reniflé un croco-
dile, hurla l'homme de tête, à travers le
vacarme.

Il avait à la main un fouet court, dont il cinglait l'air pour encourager les chiens.

L'autre homme se rapprocha, les yeux brillants d'excitation :

— Tu parles ! C'est sûrement cet enfant de salaud... Doit se cacher sous les palétuviers. Il est foutu de nous tirer dessus. Faisons gaffe !

Il sortit son revolver et avança, le doigt sur la gâchette.

Ils allaient pénétrer sous le couvert des palétuviers. L'homme de tête porta un sifflet à sa bouche. Au son strident, les chiens hésitèrent. Leur instinct les poussait à avancer et à désobéir. Sauvagement, l'homme les fouetta. Les chiens s'immobilisèrent en hurlant et en gémissant.

Les deux hommes vérifièrent leurs armes et, à pas lents, s'engagèrent sous les arbres.

Ils arrivèrent à la brèche étroite que Bond avait trouvée.

L'homme de tête détacha un chien et lui montra le passage. Le chien s'y engouffra en reniflant. Les yeux de l'homme, attentifs, examinaient les branches de chaque côté de la trouée, pour voir si elles avaient été cassées.

L'homme et le chien arrivèrent à la mare. Le grand nègre regarda autour de lui d'un air dégoûté et rappela le chien, qui abandonna la place à contrecœur.

Il retrouva son camarade à l'entrée de la brèche et secoua la tête négativement... Le fouet claqua et ils repartirent.

Lentement, les abois des chiens décrurent, puis s'évanouirent.

Pendant cinq minutes encore, rien ne bougea. Puis, d'un des coins de la mare, émergea un périscope de bambou. Bond sortit la tête. Ses cheveux noirs en broussaille lui faisaient un visage de noyé. Sa main droite tenait un revolver. Il écouta intensément. Le silence était total. Pourtant Bond crut entendre un faible murmure d'eau, comme si quelqu'un descendait tout doucement la rivière.

D'un geste vif, Bond toucha les deux corps qui étaient à côté de lui. Au moment où ils faisaient surface, il mit le doigt sur les lèvres. Trop tard, Quarrel avait toussé. Bond fit la grimace et, de la main, fit un signe impératif. Ils tendirent l'oreille. Silence de mort. Puis le bruissement reprit, tout proche.

D'un même geste, tous trois embouchèrent leur tuyau de bambou et, de nouveau, les trois têtes disparurent sous l'eau.

La nuque dans la boue, Bond se pinçait

les narines, de la main gauche, et collait
les lèvres au tube de bambou. Il savait que
la mare avait déjà été visitée une fois. Il
avait senti l'eau brassée par la nage d'un
chien. Ils avaient eu la chance de ne pas
être découverts. Mais, cette fois, qu'allait-il se passer ? La boue qu'ils avaient re-
muée, aurait-elle le temps de reposer ? Si
l'homme qui avançait à pas de loup voyait
dans l'eau une tache plus sombre, sans
doute tirerait-il immédiatement... Bond décida de ne pas prendre le risque. Au premier mouvement qu'il percevrait près
de lui, il se dresserait et tirerait, en se fiant
à son étoile. Immobile, les sens aux aguets,
il s'efforçait de contrôler sa respiration et
de ne pas penser aux crevettes qui grouillaient tout autour. « Evidemment, son-
geait-il, la position n'a rien de très agréable. » Mais si Honey n'avait pas eu cette
idée, les chiens les auraient déjà trouvés.

Soudain il se raidit. Une botte de caoutchouc venait de s'appuyer sur son menton.
L'homme penserait-il qu'il avait marché
sur une branche ?... Bond ne lui laissa pas
le temps de penser quoi que ce soit. Il prit
son élan et jaillit de l'eau en crachant son
bambou. Il eut à peine le temps d'apercevoir un corps, qui lui parut immense, juste

au-dessus de lui. Il leva le bras gauche, pour se protéger la tête, et tira à bout portant. L'homme s'abattit, comme un arbre touché par la foudre. Bond eut le temps de voir le visage jaune à la bouche ouverte, sur lequel l'eau se referma. Et il n'y eut plus qu'une boue noirâtre qui commençait à se teinter de rouge.

Bond se retourna. Quarrel et la fille, tout dégoulinants d'eau, le regardaient. Quarrel avait la bouche fendue jusqu'aux oreilles en un sourire radieux, mais Honeychile tremblait de la tête aux pieds, les yeux fixés sur la tache rouge qui s'élargissait.

— Je suis désolé, Honey, dit Bond brièvement, mais je ne pouvais pas faire autrement. Il était juste au-dessus de nous... Venez, ne restons pas ici.

Il l'attrapa par le bras, et l'entraîna vers la rivière, par le tunnel de palétuviers.

Il n'y avait personne le long de la rivière. Bond jeta un coup d'œil à sa montre. Elle s'était arrêtée à trois heures. Il regarda le soleil et jugea qu'il devait être près de quatre heures. La fatigue lui tomba sur les épaules comme un sac de plomb. Et ils n'étaient pas au bout de leurs peines ! Même si l'on n'avait pas entendu le bruit du coup de feu, on s'apercevrait bientôt que l'homme manquait. Remonteraient-ils la rivière·pour retrouver leur camarade?... Non, sans doute, car la nuit tomberait avant qu'ils fussent sûrs que l'homme avait disparu... La danse serait donc pour le lendemain matin. Les chiens trouveraient aisément le cadavre. Alors...

Honey le tira par la manche.

— Je voudrais bien savoir, dit-elle, d'une voix pleine de colère et de peur, ce que vous avez tous, à essayer de vous tuer les uns les autres! D'abord, qui êtes-vous?... Je ne crois pas du tout à votre histoire sur les oiseaux. On n'emporte pas un revolver...

Les yeux clairs de Bond se fixèrent sur ceux de la jeune fille.

— Ma pauvre Honey, dit-il, vous êtes dans de beaux draps! Ce n'est vraiment pas de chance, que vous soyez tombée sur nous! Je vous raconterai tout ce soir quand nous serons au camp des gardiens, je vous le promets. Vous avez déjà deviné que j'ai un compte très sérieux à régler avec ces hommes. Ils ont déjà essayé plusieurs fois de me tuer. Maintenant, j'en sais assez, et je ne veux plus qu'une chose : quitter l'île, avec vous deux, sains et saufs. Ensuite, je vous garantis que je reviendrai par la grande porte, avec du renfort !

— Qu'est-ce que vous voulez dire ? Etes-vous une sorte de policier ?... Et voulez-vous envoyer en prison ce Chinois ?

— C'est quelque chose comme ça, dit Bond en riant. En tout cas, consolez-vous. Vous êtes du côté des bons. Et maintenant, il y a quelque chose que vous pouvez me dire : à quelle distance sommes-nous du camp ?

— Oh ! à peu près une heure de marche.

— Dites-moi, est-ce un endroit où l'on puisse se cacher ? Ou bien pourront-ils nous y trouver facilement ?

— Il faudrait qu'ils traversent le lac, ou qu'ils remontent la rivière. Nous n'aurons rien à craindre tant qu'ils ne nous enverront pas le dragon. Parce que lui, rien ne l'arrête. Il passe sur l'eau, je l'ai vu.

— Eh bien ! dit Bond le plus diplomatiquement qu'il put, espérons qu'il se sera cassé la patte.

La jeune fille se rebiffa.

— Ça va, dit-elle, faites celui qui sait tout ! Vous verrez !

Quarrel émergea des palétuviers.

— J'ai pensé, dit-il d'un air d'excuse, qu'une arme de plus ne nous ferait pas de mal. J'ai bien peur que nous n'en ayons besoin.

Bond prit le fusil. C'était une carabine Remington de l'armée américaine. De toute évidence, ces gens étaient parfaitement équipés. Il rendit la carabine à Quarrel.

— Ces types-là sont malins, cap'taine, dit Quarrel comme un écho à ces pensées. Cette idée, d'envoyer un type tout seul, derrière les autres, pour nous surprendre, c'est astucieux... Un sacré type, ce docteur No !

— Je commence à le croire, dit Bond pensivement... Et maintenant, en route ! Honey dit qu'il y a une heure de marche jusqu'au camp. Autant marcher sur la rive gauche. La colline nous cachera.

Quarrel prit la tête de la colonne. Ils progressaient parmi les bambous et les ajoncs, mais maintenant, ils avaient contre eux le vent, dont les rafales leur arrivaient en pleine figure.

Ils étaient obligés de se tremper dans l'eau pour apaiser cette morsure brûlante. Les yeux de Bond étaient injectés de sang et son bras lui causait une douleur intolérable. Il se demandait quand ils pourraient manger et dormir. Ils avaient eu si peu de sommeil, la nuit précédente ! Apparemment, ils n'en auraient pas davantage cette nuit. Et Honey ?... Elle, elle n'avait pas dormi du tout. Il faudrait que Quarrel et

Bond montent la garde tour à tour. Le lendemain, ils redescendraient la rivière jusqu'au canoë, et s'embarqueraient la nuit suivante. Charmants projets en perspective ! Bond pensait à la « cure de repos » promise par « M ». Il aurait donné cher pour que le vieux crabe fût là !

La rivière se rétrécissait, jusqu'à n'être plus qu'un filet d'eau entre les bambous. Puis elle s'élargissait de nouveau, jusqu'à un large estuaire boueux, qui s'achevait en lac peu profond, d'un gris bleuté. Au-delà, on apercevait la piste d'atterrissage, et le toit, en tôle ondulée, d'un hangar.

— Il faut continuer vers l'est, dit Honey.

Ils progressaient lentement au milieu de la végétation très dense, qui rendait leur marche très pénible. Quarrel, l'éclaireur, s'arrêta le cou incliné en avant, comme celui d'un chien de garde : deux profonds sillons parallèles coupaient la boue, avec une rayure plus légère au milieu. C'étaient les traces de quelque chose qui était descendu de la colline et qui avait traversé le marais en avançant vers le lac.

Honey triompha :

— Je vous l'avais bien dit. C'est là que le dragon est passé.

Quarrel regarda Honeychile dans le blanc des yeux.

Bond examinait les traces. Celles de l'extérieur avaient pu être faites par des roues, mais elles étaient très larges. La trace du milieu était de même nature, mais elle n'avait que quelques centimètres, l'épaisseur d'une roue de bicyclette.

Les empreintes paraissaient très fraîches. Elles allaient tout droit, et les buissons qu'elles traversaient étaient aplatis, comme si un tank était passé dessus.

Bond avait beau réfléchir, il ne voyait pas quel genre de véhicule, si véhicule il y avait, avait pu laisser de telles traces.

La voix de la jeune fille sonna, presque triomphale :

— Maintenant, dit-elle, vous êtes bien obligés de me croire.

— En tout cas, dit Bond, conciliant, si ce n'est pas un dragon, c'est quelque chose que je n'ai encore jamais vu.

Un peu plus loin, de nouveau Honey se tourna vers lui.

— Là, chuchota-t-elle, regardez.

Elle montrait un gros buisson calciné, au milieu duquel on voyait encore des restes noircis de nids d'oiseaux.

— Le dragon leur a craché dessus, dit Honey, avec une grande excitation.

Bond se pencha sur le buisson. Pourquoi avait-on brûlé celui-là, plutôt que les autres ? Tout cela était vraiment très bizarre.

Les traces continuaient jusqu'au lac et disparaissaient dans l'eau. Bond aurait bien voulu les suivre jusqu'au bout, mais il n'était pas question de marcher à découvert. En silence, ils continuèrent leur chemin, chacun plongé dans des pensées différentes.

Le jour finissait. Tout à coup, Honey pointa le doigt droit devant elle, à travers les buissons. Bond vit une langue de sable, entourée d'une végétation assez épaisse, et, au milieu, à une centaine de mètres du rivage, les restes d'une hutte couverte de bambous. L'endroit paraissait convenable pour y passer la nuit, et l'eau qui l'entourait assurait une certaine sécurité. Le vent était tombé, et l'eau était tiède. Avec quel soulagement ils enlèveraient enfin leurs chemises pleines de boue ! Ils allaient pouvoir se laver dans le lac. Après des heures de marche dans l'eau et dans la vase, ils pourraient enfin se reposer sur le sable sec.

Le soleil disparaissait derrière le pain de sucre, dans un ciel doré. Les grenouilles se mirent à coasser. Les trois compagnons arrivaient aux restes de la hutte de gardien. Les traces mystérieuses sortaient de l'eau de chaque côté du banc de sable. La plupart des buissons étaient brûlés ou écrasés. On voyait encore les traces d'une cheminée, quelques ustensiles de cuisine, et des écuelles vides. Quarrel dénicha même deux boîtes de conserve intactes, de porc et de haricots. Honey trouva un sac de couchage tout froissé, et Bond un petit portefeuille de cuir, qui contenait cinq billets d'un dollar, trois livres de la Jamaïque et de la monnaie. Les deux hommes avaient dû partir bien précipitamment !

A travers les herbes, ils voyaient des lumières qui se réfléchissaient dans l'eau, à quelque trois kilomètres, du côté de la colline. A l'est, il n'y avait rien que l'eau sombre sous le ciel noir.

Bond dit :

— Aussi longtemps que nous ne ferons pas de feu, nous serons ici en sécurité. La première chose à faire, c'est de nous laver. Restez là, Honey. Nous, nous irons à l'extrémité du banc de sable. Rendez-vous pour le dîner, dans une demi-heure.

La jeune fille eut son premier rire gai.

— On s'habille pour le dîner ? demanda-t-elle.

— Certainement, dit Bond gravement. Pantalon de rigueur.

— Cap'tain, interrompit Quarrel, je vais tâcher d'ouvrir les boîtes, pendant qu'on y voit encore un peu, et voir comment on peut s'arranger pour la nuit.

Il fouilla dans son sac.

— Tenez, voilà votre pantalon et votre revolver.

Il déballa les provisions.

— Le pain, reprit-il, n'a pas bonne mine, mais il n'est que mouillé. Si on le laisse sécher, demain matin il sera mangeable. Ce soir, nous mangerons les conserves. Et demain, nous nous contenterons de fromage et de porc.

— Parfait, dit Bond. Je te nomme maître-queux en chef.

Bond, à quelques mètres de là, trouva une petite anse, protégée par les bambous. Avec un soupir d'aise, il enleva sa chemise et se plongea dans le lac. L'eau était douce, mais terriblement chaude. Bond se nettoya avec des poignées de sable. Dans le silence de la nuit, il se sentit soudain détendu et presque reposé.

Les étoiles, une à une, se levaient; les étoiles qui les avaient guidés vers l'île, la nuit précédente, et qui, demain, les ramèneraient vers la Jamaïque. Un siècle se serait écoulé entre ces deux nuits. Quelle aventure ! Du moins, elle avait été payante; maintenant, Bond avait assez de preuves et de témoins pour aller trouver le gouverneur et demander l'ouverture d'une enquête complète sur les étranges activités du docteur No.

Tout de même, on n'emploie pas de mitrailleuse contre les gens, même quand ils entrent sans permission dans une propriété privée ! De toute façon, s'il y avait viol de propriété, elle était le fait du docteur No, sur le territoire de la concession Audubon. Quelle était la mystérieuse chose qui avait ravagé le camp, et très vraisemblablement tué un des gardiens ? Cela aussi demandait à être éclairci. Bond se demandait avec curiosité quelle serait la riposte du docteur No, quand il reviendrait avec un destroyer. Que cachait cet homme ? De quoi avait-il peur ? Pourquoi tenait-il à Crab Key, au point de tuer ceux qui s'y aventuraient ? Qui était le docteur No ?

Il entendit un plongeon sur sa droite. Cela lui rappela la fille. Et qui donc, en fait, était Honeychile Rider ? Ça, au moins, décida-t-il en se séchant, il le saurait avant la fin de la nuit.

Il enfila son pantalon froissé, s'assit sur

le sable et démonta son revolver, pièce par pièce. Il l'essuya soigneusement avec sa chemise. Puis il sécha les cartouches, balle par balle. Ensuite il remonta l'arme et fit fonctionner la gâchette. Tout allait bien. Alors il chargea le revolver et le remit dans son étui, à l'intérieur de sa ceinture.

Il faillit se heurter à l'ombre de Honey.

— Venez, dit-elle, nous mourons de faim. On n'attend plus que vous... J'ai lavé une écuelle et nous avons mis les haricots dedans. Il y aura à peu près deux poignées de haricots par personne. En tout cas, je ne me sens pas coupable de manger votre nourriture, puisque, à cause de vous, j'ai travaillé bien plus dur que quand je viens seule. Tendez la main.

Bond sourit, dans le noir, à l'autorité nouvelle qu'il discernait dans cette voix. Il distinguait à peine la svelte silhouette. Il se demanda comment étaient les cheveux de Honey, quand ils étaient peignés et secs, et à quoi elle ressemblait quand elle portait des vêtements propres.

Pourquoi ne s'était-elle jamais fait arranger son nez cassé?... C'était une opération simple. Si elle s'y était soumise, elle aurait été la plus belle fille de la Jamaïque. Il sentit contre lui l'épaule de Honey. Il lui tendit la main, et eut droit à une poignée de haricots froids.

Soudain il perçut son parfum chaud. C'était une odeur saine, un peu animale et si excitante qu'il ne put s'empêcher de se presser contre elle. Voluptueusement, il ferma les yeux.

Honey eut un petit rire, où il y avait de la timidité, mais aussi de l'orgueil et de la tendresse.

— Là ! dit-elle.

Et, doucement, maternellement, elle le repoussa.

XI

Il devait être huit heures du soir. On n'entendait que le chant des grenouilles. Bond voyait l'ombre de Quarrel tout près de lui. Il y eut un cliquetis métallique, et Bond comprit que Quarrel, lui aussi, démontait la Remington pour la sécher.

Il faisait frais. Les vêtements de Bond avaient séché sur lui. Trois pleines poignées de porc et de haricots avaient apaisé sa faim. Il se sentait bien, somnolent et paisible. Le lendemain lui paraissait très lointain, et après tout, ne présentait aucun problème particulier, sinon une grande dépense d'exercice physique. Allons, la vie était belle et bonne !

Honey était étendue près de lui dans le sac de couchage. Il ne voyait que la tache pâle de son visage.

— James, dit-elle, vous m'avez promis de tout me dire ce soir. Sinon, je ne pourrai pas m'endormir.

Bond rit.

— Je vous dirai tout si vous me dites tout. De vous, je veux tout savoir.

— Je n'ai rien à cacher. Mais vous d'abord !

— D'accord.

Bond ramena ses genoux sous son menton et se cala confortablement.

— Eh bien, voilà... Je suis une espèce de détective, si vous voulez. Quand il se passe quelque chose de bizarre dans le monde, on m'y envoie... Il n'y a pas très long-temps, un homme nommé Strangways, qui appartenait à l'état-major du gouverneur de la Jamaïque, a disparu. Et aussi sa secré-taire, une jolie fille... On pense qu'ils sont partis ensemble, mais ce n'est pas mon avis. Je...

Les bons... Les méchants... Bond racontait à Honey l'histoire du grand méchant loup. Il s'efforçait d'expliquer les choses aussi clairement qu'il le pouvait.

— Vous voyez, Honey, conclut-il maintenant, il n'y a plus qu'à rentrer sans encombre à la Jamaïque. Tous les trois, dans le bateau, la nuit prochaine. Le gouverneur sera bien obligé de nous écouter, et il enverra des soldats pour demander des comptes au docteur No, ce qui, je l'espère, conduira celui-ci en prison. Comme le docteur ne l'ignore pas, il fait l'impossible pour nous arrêter. Voilà. Vous savez tout... C'est votre tour de raconter.

— Vous avez l'air d'avoir une vie passionnante, dit Honeychile, rêveusement. Mais votre femme ne doit pas aimer vous savoir si loin. Est-ce qu'elle n'a pas peur qu'il vous arrive du mal ?

— Je ne suis pas marié, dit Bond. Les seules personnes qui s'intéressent à mon sort sont les administrateurs de ma compagnie d'assurances.

— Mais, insista-t-elle, vous devez bien avoir des femmes dans votre vie.

— Ma foi, dit Bond, pas régulièrement.

— Je vois, dit la jeune fille en rougissant.

Quarrel venait vers eux.

— Cap'taine, dit-il, si vous voulez je prends le premier tour de garde. Je serai à la pointe. Je viendrai vous appeler vers minuit. Vous prendrez la relève jusqu'à cinq heures. Et ensuite, nous nous mettrons en route. Mieux vaut partir avant qu'il ne fasse jour.

— Le programme me paraît parfait, dit Bond. De toute façon, éveille-moi immédiatement s'il se passe quoi que ce soit de suspect... As-tu vérifié le fonctionnement de la carabine ?

— Elle est au poil ! dit Quarrel en souriant de toutes ses dents. Dormez bien, mademoiselle, ajouta-t-il d'un air entendu.

Sans bruit, il fondit dans l'obscurité.

— J'aime bien Quarrel, dit Honey.

Elle réfléchit un instant.

— Etes-vous bien sûr, reprit-elle, de vouloir que je vous raconte ma vie ? C'est beaucoup moins excitant que votre histoire.

— Mais oui, je suis sûr, dit Bond. Et surtout, n'oubliez rien.

— Vous savez, dit Honey, l'histoire de ma vie tiendrait sur une carte postale. Il faut vous dire que je n'ai jamais quitté la Jamaïque. J'ai toujours vécu dans un endroit qui s'appelait « Beau Désert », sur la côte nord, près de Port Morgan.

— Comme c'est drôle ! dit Bond. C'est précisément là que nous étions, avec Quarrel. Mais « Beau Désert » n'est pas bien grand. Je ne vous ai pas vue... Vous ne vivez tout de même pas dans un arbre.

— Je suppose que vous avez loué le bungalow, dit Honey. Je n'y vais jamais. Moi, je
vis dans le manoir.

— Mais c'est une ruine ! Quelques pierres dans un champ de canne à sucre.

— Je vis dans les caves depuis l'âge de
cinq ans. Ça a brûlé, à ce moment-là, et mes
parents sont morts dans l'incendie. Je ne me
souviens pas d'eux. J'ai vécu là avec ma
nourrice noire. Elle est morte quand j'avais
quinze ans, et depuis cinq ans je vis seule.

— Grands dieux ! fit Bond, atterré.
N'aviez-vous aucune famille qui aurait pu
prendre soin de vous ?... Vos parents ne vous
ont-ils pas laissé d'argent ?

— Pas un centime.

Il n'y avait aucune amertume dans la
voix de Honey. De la fierté, seulement.

— Les Rider, poursuivit-elle, sont une
des plus vieilles familles de la Jamaïque.
C'est Cromwell qui leur a donné les terres de
Beau Désert, en remerciement de leurs
loyaux services. Ma famille a construit le
manoir de Great House et y a toujours vécu,
depuis des siècles. Mais le prix du sucre
s'est effondré, et puis je suppose que la propriété était mal gérée, et quand mon père
en a hérité, elle était hypothéquée et il
n'avait plus que des dettes. Aussi quand

mon père et ma mère sont morts, la propriété a été vendue. Cela ne me faisait rien, j'étais trop jeune. Nany, ma nourrice, a été extraordinaire. Des gens voulaient m'adopter. Un homme de loi, un prêtre. Mais Nany n'a rien voulu entendre. Elle a ramassé tout ce qui n'avait pas été brûlé dans la maison, quelques meubles, un peu d'argenterie, et nous nous sommes installées dans les ruines. Très rapidement d'ailleurs, plus personne ne s'est intéressé à nous. Ma nourrice faisait de la couture et du lavage au village. Nous faisions pousser des bananes, quelques légumes. Et puis il y avait le grand arbre à pain, tout près de la vieille maison. Et du sucre de canne, tout autour de nous. Nous avions un peu de poisson, et nous vivions comme tous les Jamaïquains. Ma nourrice m'a appris à lire et à écrire. Il restait un tas de vieux livres épargnés par le feu. J'ai découvert une encyclopédie. J'ai commencé à la lettre « A » quand j'avais près de huit ans, et maintenant, j'en suis au milieu de la lettre « T »... Je suis sûre, ajouta-t-elle d'un air de défi, que sur bien des choses j'en sais plus que vous.

— Sans aucun doute, dit Bond.

Il croyait rêver. Il voyait une petite fille aux cheveux de lin jouant dans les ruines, près d'une vieille négresse entêtée, qui veillait sur elle et qui lui disait d'apprendre ses leçons, lesquelles, pour la nourrice, devaient être du grec.

— Votre nourrice, dit-il, devait être une femme admirable.

— Elle était merveilleuse, approuva Honey. J'ai cru mourir quand elle est morte. Jusque-là, j'avais mené une vie insouciante. Tout d'un coup, j'ai compris qu'il ne fallait compter que sur moi-même. Et puis les hommes ont commencé à tourner autour de moi. Ils disaient qu'ils voulaient me parler d'amour... J'étais jolie, à ce moment-là.

— Vous êtes, protesta Bond, une des plus belles filles que j'aie jamais vues.

— Avec mon nez! dit-elle dans un rire douloureux. Vous vous moquez de moi.

Bond chercha les mots qui pourraient la convaincre.

— Comprenez-moi, dit-il. Bien sûr, tout le monde voit que vous avez le nez cassé. Mais, moi qui vous connais depuis ce matin, je l'ai à peine remarqué. Quand on regarde quelqu'un, c'est ses yeux ou sa bouche qu'on voit. Ce sont ces traits-là qui font vivre un visage. Un nez cassé n'est pas plus laid qu'une oreille tordue. Cela a beaucoup moins d'importance que le reste. Si vous aviez en plus un joli nez, vous seriez la plus belle fille de la Jamaïque.

— Etes-vous sincère ? demanda Honey d'une voix tremblante. Pensez-vous vraiment que je pourrais être belle ? Quand je me regarde dans la glace, je ne vois que mon nez cassé. Evidemment, je suis comme tous ceux qui sont, en somme, infirmes.

— Ne dites pas de sottises ! dit Bond avec flamme. Vous n'avez rien d'une infirme. De toute façon, il suffirait d'une opération simple, et il n'y paraîtrait plus. Vous iriez en Amérique, et en une semaine le tour serait joué.

— Comment voulez-vous que je fasse ? s'écria-t-elle avec colère. Tout ce que j'ai, c'est quinze livres sous une pierre, dans ma cave. J'ai trois jupes et trois chemises, juste de quoi pêcher. Vous pensez, si je me suis renseignée sur les opérations ?... Un médecin de Port-Maria m'a tout expliqué. Il a dit que, pour que ce soit bien fait, ça me coûterait à peu près cinq cents livres, sans compter le voyage de New York et le séjour à l'hôpital... Alors, conclut-elle d'une voix désespérée, comment voulez-vous que je trouve une pareille somme ?

Bond avait bien sa petite idée là-dessus. Il se contenta de dire, d'une voix légère :

— Je suis sûr qu'il y a bien des façons d'arranger les choses. Mais continuons votre histoire... Elle est passionnante. Bien plus intéressante que la mienne, à mon avis. Vous en étiez au moment où votre nourrice est morte. Qu'est-il arrivé ensuite?

La jeune fille dit, d'une voix contrainte :

— C'est votre faute. C'est vous qui m'avez interrompue. Et puis vous ne devriez pas parler comme ça de choses que vous ignorez. Evidemment, les gens doivent vous dire que vous êtes beau. Et vous avez sans doute toutes les filles que vous voulez... Ça ne se passerait pas comme ça si vous aviez un bec de lièvre ou une tache de vin... Plus j'y pense, plus je crois qu'à mon retour j'irai voir le sorcier pour qu'il vous jette un sort. Alors nous serons à égalité.

— J'ai d'autres projets, dit Bond en lui caressant le bras. Mais poursuivez... Je brûle d'entendre la fin de l'histoire.

— Eh bien, dit la jeune fille en souriant, il faut que je retourne un peu en arrière. Toute la propriété, comme je vous l'ai dit, est un champ de canne à sucre, et les restes de la maison sont au milieu du champ. Deux fois par an, on vient y couper la canne à sucre. C'est le moment où tous les animaux et tous les insectes qui y vivent s'affolent.

On leur détruit leurs nids ou leurs terriers, et en général, on les tue... Alors, quand ils voient les hommes, quelques-uns se réfugient dans les ruines de la maison et s'y cachent. Ma nourrice en avait peur, car il y a des serpents, des scorpions et toutes sortes de bêtes. Mais ils ne m'ont jamais fait de mal. On dirait qu'ils comprennent que je les protège, et ils ont dû se prévenir entre eux car, au bout de quelques années, ils ont pris l'habitude de venir tous se cacher dans les caves, jusqu'au moment où la jeune canne à sucre repousse. Alors seulement ils retournent dans le champ... Vous savez, je les ai apprivoisés, et j'ai appris bien des choses à leur sujet. Evidemment, quand les coupeurs de canne à sucre me trouvaient avec des serpents autour du cou, ils avaient peur de moi. Alors ils me laissaient absolument seule. Et puis, un jour, un homme est venu. J'avais quinze ans. C'était un homme horrible. Il s'appelait Mander...

Honeychile frissonna. Elle reprit avec effort :

— Ce Mander était le régisseur blanc de la propriété. Lui n'avait pas peur de moi. Il me poursuivait de ses avances et voulait m'emmener chez lui, dans sa maison de Port-Maria. Je le détestais, et quand j'entendais les sabots de son cheval, je courais me cacher. Une nuit, il est venu à pied, et je ne l'ai pas entendu... Il était ivre. Sans bruit, il s'est glissé dans la cave où je dormais. Nous nous sommes battus, parce que je ne voulais pas faire ce qu'il voulait. Je veux dire, vous comprenez, le genre de choses que font les gens qui s'aiment...

— Je vois, dit Bond.

— J'ai essayé de le tuer avec mon couteau, mais il était plus fort que moi, et il m'a cogné dessus aussi fort qu'il pouvait. Il m'a cassé le nez. Il m'a fait si mal que je me suis évanouie. Alors il a fait ce qu'il voulait... Le lendemain, j'ai voulu me tuer quand j'ai vu ma figure, et quand j'ai compris ce qui m'était arrivé. Je pensais que j'allais avoir un enfant. Je me serais certainement suicidée si j'avais attendu un enfant de cet homme-là. Mais enfin je n'en ai pas eu. Je suis allée chez le médecin. Il m'a arrangé le nez comme il a pu, et il n'a pas voulu que je le paie. Le reste, je ne le lui ai pas dit; j'avais trop de honte. Mander n'est jamais revenu. Moi, j'attendais. J'avais un plan. Au moment de la récolte de la canne à sucre, j'attendais que mes amis les animaux viennent se réfugier chez moi, comme d'habitude. Ils sont venus. Alors j'ai attrapé le plus gros scorpion femelle que j'ai pu trouver et je l'ai mis dans une boîte. C'était une nuit sans lune. J'ai pris la boîte sous le bras; j'ai marché jusqu'à la maison de Mander. Je me suis cachée dans les buissons de son jardin et je l'ai vu se coucher. Alors j'ai grimpé dans un arbre jusqu'à son balcon. Et quand je l'ai entendu ronfler, j'ai ouvert la boîte... Il dormait tout nu sous une moustiquaire. Quand je l'ai quitté, il avait le scorpion sur l'estomac... Je suis rentrée à la maison.

— Dieu tout-puissant! s'écria Bond. Qu'est-ce qui lui est arrivé?

— Il a mis une semaine à mourir, répondit Honey d'une voix tranquille. Il a dû souffrir terriblement.

Voyant que Bond ne faisait aucun commentaire, elle demanda anxieusement :

— Vous croyez que j'ai mal fait?

— Il vaudrait mieux ne pas en faire une habitude, dit Bond d'un ton mesuré. Mais, étant donné les circonstances, je crois qu'on ne peut pas vous blâmer. Qu'est-il arrivé ensuite?

— J'ai continué à vivre comme avant. Seulement, j'essayais de gagner de l'argent pour faire arranger mon nez. Vous savez, j'avais vraiment un joli nez. Vous croyez

177

qu'un jour il pourrait être aussi bien qu'avant ?

— Absolument ! dit Bond d'une voix sans réplique. On pourra vous faire le nez que vous voudrez. Et comment vous y êtes-vous prise, pour gagner de l'argent ?

— Dans l'encyclopédie, j'ai lu que des gens ramassaient des coquillages rares pour les vendre. Alors j'en ai parlé avec l'instituteur, et il m'a dit qu'un magazine américain, le « *Nautilus* », est la revue des collectionneurs de coquillages. J'ai eu juste assez d'argent pour m'y abonner et j'y ai lu les annonces où les gens demandaient certains coquillages rares. J'ai écrit à un marchand à Miami, et il m'a promis de m'acheter tous ceux qui vaudraient la peine. J'étais morte de peur et, au début, j'ai fait de terribles erreurs. Moi, je croyais que les gens voulaient les plus jolis coquillages. Mais c'est pas vrai... Figurez-vous, chuchotat-elle d'un ton confidentiel, qu'en général ce sont les plus laids qu'ils recherchent ! Et puis, quand j'en trouvais de rares, je les nettoyais pour qu'ils aient l'air propre. Ça aussi, c'était mauvais. Les gens veulent des coquillages dans l'état où ils sortent de la mer, avec l'animal et tout... Et puis j'ai eu un coup de chance : juste avant

Noël, j'ai trouvé à Crab Key, ces coquillages pourpres, dont on me donne cinq dollars pièce. Mais le marchand m'a fait jurer de garder le secret sur la provenance, pour ne pas faire baisser les prix. C'est comme si j'avais une vraie mine d'or. Je crois que, dans cinq ans, j'aurai assez d'argent pour me faire refaire le nez. C'est pourquoi j'ai été si soupçonneuse quand je vous ai rencontré sur la plage.

— Et dire, s'écria Bond, que je pensais que vous étiez la petite amie du docteur No !

— Merci beaucoup ! dit Honeychile d'un air pincé.

— Et que ferez-vous après l'opération ? Vous n'allez tout de même pas vivre seule dans une cave toute votre vie ?

— Je serai call-girl, dit Honeychile d'un air résolu.

Dans sa bouche, « call-girl » sonnait exactement comme secrétaire ou bonne d'enfant.

— Vraiment ? dit Bond. Qu'entendez-vous par-là ?

— Vous savez bien. Une de ces filles qui ont de beaux appartements et des jolies robes. Vous voyez ce que je veux dire, dit-elle d'un air impatient. Les gens leur téléphonent. Elles viennent, ils leur font l'amour et ils les paient. A New York, on leur donne cent dollars chaque fois... C'est là que je débuterai. Evidemment, peut-être au début faudra-t-il le faire pour moins que cela. Tout au moins jusqu'à ce que je sois entraînée... Combien payez-vous une bonne call-girl ?

— Ah ça, dit Bond en riant, je n'en ai pas la moindre idée !

Elle soupira.

— Evidemment, vous, vous avez les femmes pour rien. Il n'y a sans doute que les hommes laids qui payent. Mais qu'est-ce que vous voulez, il faut bien en passer par-là... N'importe quel métier, dans une grande ville, ça doit être épouvantable. Alors autant « call-girl ». Au moins, c'est bien payé. Et quand je serai assez riche, je reviendrai à la Jamaïque, j'achèterai Beau Désert, je trouverai un gentil mari et j'aurai des enfants... Ne sont-ce pas là de bonnes idées ?

— La dernière partie me plaît. Je n'en dirai pas autant de la première. Dites-moi, qu'est-ce qui vous a renseignée sur les « call-girls » ? C'est dans l'Encyclopédie, à la lettre « C » ?

— Mais non, idiot ! Il y a eu une grande affaire de « call-girls » il y a deux ans à New York. J'ai tout lu dans le *Gleaner*... Ils indiquaient les prix et tout.

— Je ne crois pas, dit Bond, que ce soit

un travail qui vous plairait. Voyons, avec tout ce que vous savez sur les animaux et les insectes, je suis sûr que vous pourriez trouver un travail passionnant dans un zoo américain ou à l'institut de la Jamaïque... Là, vous rencontrerez un homme qui vous plaira. Vous êtes belle, et il faut garder votre corps pour les hommes que vous aimerez.

— C'est ce qu'on dit dans les livres, dit Honey d'un air de doute. L'ennui, c'est que je n'en ai encore jamais rencontré à Beau Désert, un seul homme qui me plaise. Vous êtes le premier Anglais à qui j'aie parlé, avoua-t-elle en rougissant. Vous m'avez plu tout de suite. A vous, ça m'est égal de tout raconter.

— Vous êtes une fille merveilleuse, dit Bond. Je l'ai pensé tout de suite quand je vous ai vue.

— Quand vous avez vu mon derrière, corrigea-t-elle d'une voix ensommeillée et chaude.

— C'était un derrière charmant, en tout cas, dit Bond en riant. Et l'autre côté le valait bien...

Il y eut un silence.

Bond se secoua et reprit, d'une voix bourrue.

— Allons, Honey, il est temps de dormir.

Nous aurons tout le temps de parler à la Jamaïque.

— C'est vrai, dit-elle. Vous me le promettez ?

— Je vous le promets, Honey, dit Bond d'une voix grave. Et maintenant, bonne nuit.

Autour d'eux, tout était silence. Il commençait à faire froid. Bond se recroquevilla. Allons, il valait mieux ne pas s'endormir !

Tout à coup, il sentit qu'on le tirait par la manche. Une petite voix disait :

— Pourquoi ne dormez-vous pas ? Est-ce que vous avez froid ?

— Non, je suis bien.

— Vous savez, il fait bon dans le sac de couchage. Vous ne voulez pas venir ? Il y a la place.

— Non merci, Honey. Je suis très bien comme ça.

Il y eut un silence, et Honey chuchota :

— Si vous croyez... Je veux dire... Ne vous croyez pas obligé de me faire l'amour... Ce n'est pas la peine, si vous n'en avez pas envie.

— Honey, mon petit, il faut que vous dormiez. Ce serait délicieux, mais pas cette nuit... De toute façon, je vais aller relever Quarrel d'un moment à l'autre.

— Je comprends, dit Honey d'une voix triste. Alors peut-être à la Jamaïque?

— Peut-être...

— Promettez-le-moi! Je ne dormirai pas avant.

— Eh bien, je vous le promets, dit Bond, poussé dans ses derniers retranchements. Et maintenant, il faut dormir.

— Vous avez promis, vous avez promis, chantonna-t-elle triomphalement. Bonne nuit, James chéri.

— Dormez bien, Honey chérie.

Une minute plus tard, Honey dormait comme un enfant. Sur son visage calme et détendu, flottait un sourire tendre.

XII

On tapait sur l'épaule de Bond. Immédiatement il fut sur pied.

— Vite, murmura Quarrel... On vient vers nous sur l'eau, cap'taine. C'est le dragon.

Dans le sac de couchage, Honey s'agita.

— Que se passe-t-il? murmura-t-elle anxieusement.

— Ne bougez pas, Honey, je reviens tout de suite, dit Bond.

Derrière Quarrel, il courait sans bruit sur le sable. Ils arrivèrent à la pointe et s'arrêtèrent dans les derniers buissons. Bond les écarta sans bruit.

A moins d'un kilomètre, sur le lac, une

chose informe aux deux yeux orange venait droit sur eux. Entre les yeux, et un peu plus bas, dansait une flamme bleue. La nuit était très claire, et on distinguait une sorte de tête lourde, au-dessus de deux ailes courtes comme celles d'une chauve-souris. La « chose » émettait un ronronnement rythmé et profond.

— Bon Dieu, cap'taine! gémit Quarrel. C'est le dragon!

— Mais non, dit Bond brièvement. C'est une sorte de tracteur, maquillé pour faire peur. En tout cas, je n'ai jamais entendu parler d'un dragon à moteur diésel... Cela ne sert à rien de se sauver, car il nous rattraperait vite. Il faut l'attendre ici... Voyons, quels peuvent être les points faibles de cette machine? Les conducteurs. Evidemment, ils doivent être protégés. Bon... Quarrel, tu commenceras à tirer à la tête, qui doit être une cabine, quand ils seront à moins de cent mètres. Vise bien... et tire sans arrêt. Moi, je m'occupe des lumières. Je me charge aussi des pneus. Ce sont probablement des pneus d'avion. Toi, reste là... Moi j'irai de ce côté... Paré?

Avec une bourrade affectueuse, il ajouta :

— Et ne t'en fais pas pour le dragon, ce n'est que le dernier *gadget* du docteur No.

Nous allons tuer les conducteurs et nous emparer de l'engin. Comme ça, nous gagnerons du temps pour rejoindre le bateau... Ça va ?

— Ça va, cap'taine, puisque vous le dites, murmura Quarrel, stoïque. Mais pourvu que le Dieu tout-puissant sache aussi que ce n'est pas un dragon !

Courbé en deux, Bond courait. Il appela doucement :

— Honey !

— Oui, James, répondit-elle avec un certain soulagement.

— Faites un trou dans le sable et enterrez-vous, comme sur la plage. Derrière les buissons les plus épais. Surtout ne bougez pas, et n'ayez pas peur. Ce n'est pas un dragon, ce n'est qu'une voiture camouflée par le docteur No. Ne craignez rien, je suis tout près.

— Ça va, James, dit Honey d'une voix tremblante. Faites bien attention.

Bond s'agenouilla dans les feuilles.

La chose n'était plus qu'à deux cents mètres, et ses yeux jaunes luisaient dans le sable. La bouche crachait des flammes bleues. On distinguait maintenant une énorme mâchoire de couleur or.

Evidemment, ils avaient un lance-flammes, voilà qui expliquait les buissons calcinés et l'histoire que racontait le gardien rescapé.

En son for intérieur, Bond était bien obligé de reconnaître que la chose avait une allure vraiment terrifiante. Contre les indigènes, c'était certainement parfait. Mais contre des hommes armés et courageux !...

La Remington de Quarrel claqua dans la nuit. La balle percuta la cabine avec un bruit métallique, mais ce fut tout. De nouveau, Quarrel tira. Les balles frappaient la cabine comme des joujoux inoffensifs. Quarrel tirait sans arrêt.

La « chose » ne ralentit même pas. Simplement, elle obliqua un peu sur Quarrel.

Alors, soigneusement, Bond visa. Un des phares vola en éclats. Quatre fois, il tira, et il eut le deuxième phare au cinquième coup de feu. Mais la « chose » s'en moquait, elle allait droit sur Quarrel. Bond rechargea, et commença à tirer sur les énormes pneus. Ils n'étaient plus qu'à vingt mètres, et Bond aurait juré qu'il avait déjà logé quatre balles dans le pneu. Aucun effet...

Et si c'était du caoutchouc plein ? Pour la première fois, la peur envahit Bond. Il rechargea. « Par l'arrière, peut-être », pensa-t-il...

Allait-il essayer de contourner l'engin ? Il fit un pas, un seul.

Et soudain, une flamme courte troua la nuit, droit sur Quarrel; une flamme bleue et jaune.

Dans le buisson, une lueur rouge et un cri, un cri atroce, qui mourut dans un râle.

L'engin s'arrêta, braqué droit sur Bond. Glacé, Bond attendait la fin. Il distinguait même le filament rouge à l'intérieur du lance-flammes. Il pensa au corps de Quarrel, car à Quarrel lui-même il ne fallait plus songer et il imagina une seconde le petit tas noirci, sur le sable. Maintenant c'était son tour. Un seul cri, et ce serait à Honey. Voilà où il avait mené ses compagnons... Lui et sa confiance absurde ! Il serra les dents. « Dépêchez-vous, salauds, je ne crierai pas. »

Un haut-parleur grésilla :

— Sors de là, mon gars... La poupée aussi... Et vite ! Ou vous allez frire comme votre copain.

A titre d'avertissement, il y eut une flamme brève.

Suffoqué par la chaleur, Bond recula. Il sentait Honey derrière lui.

— Il faut que je sorte, il faut que je sorte ! hurla-t-elle.

— Ça va, Honey, dit-il calmement. Restez derrière moi.

Sa décision était prise. Même si c'était vers la mort qu'il allait, elle ne pouvait pas être pire que celle dont il était menacé. Il prit la main de la jeune fille et se dressa.

— Parfait !... Ne bouge pas ! grinça la voix métallique. Jette ton feu et pas d'entourloupettes !

Bond obéit.

— Ne vous inquiétez pas, Honey, dit-il. Nous en sortirons.

Il savait bien qu'il mentait. Il entendit la porte blindée qui s'ouvrait. Un homme descendit et vint vers eux, revolver au poing. Il restait soigneusement hors de portée du lance-flammes. La lueur éclairait un visage en sueur, celui d'un nègre jaune, un grand gaillard, vêtu seulement d'un pantalon. Quelque chose cliquetait dans sa main gauche. Quand il fut plus près, Bond vit que c'étaient des menottes.

A un mètre, l'homme s'arrêta.

— Lève les mains ! aboya-t-il. Les poignets ensemble... Et marche vers moi. Toi le premier. Et doucement, sinon ça va être ta fête.

Bond obtempéra. Maintenant, il sentait l'âcre odeur de sueur. L'homme mit son revolver entre les dents, et referma les menottes sur les poignets de Bond.

— Pauvre lope ! jeta l'homme.

Bond tourna les talons, et lentement s'éloigna. Il fallait qu'il vît Quarrel. Il fallait qu'il lui dise adieu...

Un revolver aboya, et la balle heurta le sable juste à ses pieds. Il s'arrêta et se retourna lentement.

— Ne soyez pas nerveux, dit-il, je veux simplement voir l'homme que vous venez d'assassiner. Je reviens tout de suite.

— Ça va, dit l'autre en baissant son revolver. Amuse-toi bien, mais reviens vite, sinon on fait griller la fille. Je te donne deux minutes.

Bond marcha droit sur les buissons calcinés. Il baissa les yeux. C'était pire que ce qu'il avait imaginé. Il murmura doucement :

— Pardon, Quarrel !

Il se baissa et, de ses mains liées, ramassa une poignée de sable, qu'il laissa couler sur ce qui avait été les yeux de Quarrel. Puis il revint doucement à côté d'Honeychile.

D'un geste du revolver, l'homme les invita à le suivre.

Ils contournèrent le prétendu dragon. Derrière, il y avait une petite porte carrée. Des entrailles du monstre une voix cria :

— Montez et asseyez-vous par terre. Ne touchez à rien, ou vous le regretterez.

Ils se serrèrent dans l'étroite cabine de fer. Elle puait la sueur et l'essence. Ils avaient juste la place de s'asseoir, en se recroquevillant.

L'homme au revolver les suivit et claqua la porte. Il appuya sur un bouton et s'assit sur un siège du tracteur, à côté du conducteur.

— Ça va, Sam, grogna-t-il, allons-y. Tu peux arrêter le lance-flammes.

Le conducteur manipula une manette. Bond sentit que la machine tournait, et s'ébranlait.

— Où nous emmène-t-il ? gémit Honey, presque inaudible.

Bond tourna la tête et la regarda : elle était blanche de peur. Il haussa les épaules, avec une insouciance qu'il était loin de ressentir.

— Je pense, chuchota-t-il, que nous avons rendez-vous avec le docteur No. Ne vous inquiétez pas trop, Honey. Ces hommes ne sont que de petits gangsters. Avec lui, ce ne sera pas la même chose. En tout cas, n'ouvrez pas la bouche : je parlerai pour deux.

Il s'appuya contre son épaule.

— J'aime vos cheveux, dit-il. Vous avez raison de ne pas les couper trop courts.

Le visage de Honeychile se détendit.

— Comment pouvez-vous penser à des choses pareilles en ce moment ? dit-elle avec un demi-sourire. Malgré tout, cela me fait plaisir. Vous savez, je les lave à l'huile de noix de coco une fois par semaine.

Au souvenir de son ancienne vie, ses yeux se remplirent de larmes. Pour les cacher, elle pencha la tête vers ses mains enchaînées.

— J'essaierai d'être brave, dit-elle. Ça ira, tant que vous serez avec moi.

Bond examina ses menottes. Le docteur No ne se refusait rien. L'ustensile du modèle réglementaire de la Police américaine. Notre homme serra la main gauche, la plus fine des deux, et essaya de la faire glisser hors du cercle d'acier. Mais il eut beau transpirer, il n'y avait rien à faire.

Le conducteur et son compagnon étaient parfaitement silencieux. Sûrs de leur affaire, ils étaient assis, le dos tourné à leurs prisonniers. Cela agaçait Bond de les voir si tranquilles. Des amateurs les auraient menacés ou même assommés. En tout cas, ils les auraient surveillés, revolver au poing. Mais ces deux-là connaissaient leur affaire. Ils savaient que Bond était entièrement en leur pouvoir.

Ils ne se congratulaient pas de leur succès, ils ne se plaignaient pas de leur fatigue. Pas un mot sur l'endroit où ils allaient. Simplement, proprement, ils finissaient le travail, en bons ouvriers. Des professionnels...

Bond était impressionné par la compétence et l'organisation qu'il pressentait. Il savait qu'il ne tarderait pas à rencontrer le docteur No et à percer le mystère qui entourait celui-ci. Mais à quoi cela l'avancerait-il ?

Bond eut un sourire dur. Il savait aussi qu'il serait tué impitoyablement... A moins qu'il ne réussît à s'échapper. Et Honey ? Pourrait-il prouver l'innocence de la jeune fille et obtenir qu'on l'épargnât ? Peut-être. Mais elle non plus ne quitterait pas l'île. Elle deviendrait la maîtresse ou la femme d'un des hommes, ou, qui sait, du docteur No, si elle lui plaisait.

Ces pensées furent interrompues par un changement de régime du moteur. Bond comprit qu'ils touchaient la terre ferme. Ils étaient sur la piste qui menait aux huttes. Dans cinq minutes ils y seraient.

Sur son siège, un des hommes se retourna et jeta un coup d'œil à Bond et à la fille.

Bond lui sourit aimablement :

— Voilà qui vous vaudra une médaille, dit-il.

Impassibles, les yeux bruns rencontrèrent les siens.

— Ta gueule, connard, grinça-t-il.

— Pourquoi sont-ils aussi grossiers ? chuchota Honey. Pourquoi nous haïssent-ils à ce point ?

— Je pense, répondit Bond, qu'ils ont peur de nous et qu'ils ne nous pardonnent pas de ne pas avoir peur d'eux. C'est ce qu'il faut.

La jeune fille se pressa contre lui.

— J'essaierai de vous imiter, dit-elle.

Une lumière d'un gris sale filtrait dans la cabine. L'aube, déjà. Une nouvelle journée de chaleur étouffante, de vent brûlant et de puanteur moite se préparait. Quarrel, le bon géant, ne le verrait pas. Bond se rappela l'assurance-vie. Quarrel avait pressenti sa mort, et pourtant il avait suivi Bond aveuglément, sans poser de questions. Sa foi en Bond l'avait emporté sur la peur. Honeychile subirait-elle le même sort, par la faute de Bond ?

Le conducteur actionna une sirène de police et passa au point mort. Puis il décrocha un micro. On entendait l'écho de sa voix dehors, dans le haut-parleur :

— Tout est O. K. On a le gars et la fille. L'autre est mort. Terminé.

Une porte de fer coulissa silencieusement sur ses gonds. Ils roulèrent quelques mètres et le conducteur arrêta le moteur. La porte de la cabine fut ouverte de l'extérieur. Une bouffée d'air frais pénétra dans la cabine. Des mains brutales se saisirent de Bond et le déposèrent sans ménagement sur le sol. Il sentit le canon d'un revolver au creux de ses reins. Une voix dure lança :

— Reste où tu es et n'essaye pas de faire le malin.

Il se retourna. Encore un nègre chinois, du même gabarit que ses acolytes. Les yeux froids l'examinaient avec curiosité.

Un autre homme poussait Honey avec son revolver. Bond aboya, catégorique :

— Laissez-la !

Et d'un pas ferme, il alla se placer près d'elle.

Les deux hommes parurent surpris. Ils se balançaient, hésitants.

Bond regarda autour de lui. Ils se trouvaient dans un garage qui paraissait servir également d'atelier. Le « dragon » avait été hissé sur un pont. Un moteur de hors-bord, en pièces détachées, gisait sur un établi. Des rampes de néon couraient le long du plafond. La pièce empestait l'essence.

Le conducteur et son compagnon jetaient un dernier coup d'œil au « dragon ». Ils rejoignirent les gardes.

— Ça s'est bien passé ? demanda l'un.

Le conducteur, qui semblait le plus ancien, répondit nonchalamment :

— Un vrai feu d'artifice. On n'a plus de phares, mais on a des trous dans les pneus. On en a descendu un. Ces deux-là, j'ai ordre de les mener où vous savez. Et après j'irai au pieu.

Il se tourna vers Bond :

— Allez, avance !

— Avance toi-même, dit Bond, et sois poli. Et dis donc à tes gorilles de rentrer leurs revolvers. Ils pourraient se blesser avec.

L'homme s'approcha. Les trois autres firent cercle. Des lueurs orangées dansaient dans leurs yeux. Le plus vieux brandit un énorme poing sous le nez de Bond. Il avait peine à se contenir.

— Des fois, grinça-t-il, on participe aux réjouissances finales ! Une fois, on les a fait durer toute une semaine. Si jamais je vous chope !...

Il regarda la fille avec une cruauté narquoise. Il n'ajouta rien, mais le regard était éloquent.

Les autres aussi regardaient la fille. Ils avaient l'air de trois enfants monstrueux devant un arbre de Noël.

Pensant qu'il ne gagnerait rien à effrayer davantage la jeune fille, Bond déclara :

— Ça va, vous êtes quatre, on est deux et on a les mains liées. Alors allons-y. Mais ne nous bousculez pas. Le Docteur No pourrait bien ne pas aimer ça du tout.

A ce nom, les visages des hommes pâlirent. Le chef regarda Bond, se demandant si, par hasard, il n'avait pas commis une erreur et si cet homme aux mains liées pouvait, de quelque façon, avoir barres sur son patron. Ses lèvres s'ouvrirent pour dire quelque chose, mais il se ravisa et finalement laissa tomber :

— On plaisantait. Pas vrai, vous autres ?

— Pardi ! acquiescèrent les trois autres, avec des regards fuyants.

— Par ici, monsieur, dit le chef.

Bond entraîna Honey. Il était frappé de l'effet qu'avait produit à lui seul le nom du Docteur No. Il serait bon de s'en souvenir à l'occasion, s'ils avaient d'autres démêlés avec l'état-major du personnage.

Ils étaient devant une porte en rondins. Le

chef pressa un bouton par deux fois et attendit.

La porte s'ouvrit, révélant dix mètres de couloir, garni de moquette, avec, au bout, une seconde porte, de couleur crème.

Le chef s'écarta pour les laisser passer :

— Tout droit, monsieur, dit-il. Frappez à la porte. La réceptionniste s'occupera de vous.

Dans la voix, il n'y avait pas trace d'ironie.

Bond guida Honeychile et la porte se referma derrière eux. Il s'arrêta et regarda la jeune fille.

— Comment ça va ? demanda-t-il doucement.

— C'est agréable, de sentir un tapis sous ses pieds, dit-elle bravement.

Du bout des doigts, il lui caressa le poignet. Ensemble, ils allèrent jusqu'à la porte crème et frappèrent.

Sans bruit, la porte s'ouvrit. Bond entra et s'arrêta, la jeune fille sur les talons.

XIII

On se serait cru dans la plus luxueuse salle d'attente du plus luxueux gratte-ciel de New York.

C'était une grande pièce aux murs gris pâle. Le sol était entièrement recouvert d'une épaisse moquette d'un rouge profond. Un éclairage moderne, mais discret, mettait en valeur de belles reproductions en couleur des danseuses de Degas.

A la droite de Bond, un bureau élégant, couvert de cuir fauve, portait quelques accessoires du même cuir et le dernier modèle d'interphone. Deux fauteuils à haut dossier attendaient visiblement les visiteurs. A l'autre bout de la pièce, une table basse était garnie des derniers magazines de luxe. Des vases remplis d'hibiscus fraîchement coupés embaumaient.

Dans la pièce se tenaient deux femmes.

Derrière le bureau, stylo en l'air, au-dessus d'une formule imprimée, était assise une Chinoise à l'air compétent, aux cheveux noirs très courts et aux lunettes d'écaille. Ses yeux et sa bouche souriaient. Le sourire type de la parfaite hôtesse : chaleureux, engageant et légèrement inquisiteur.

Une femme plus âgée tenait la porte par laquelle ils venaient d'entrer, attendant, pour la refermer sans impolitesse, qu'ils fissent quelques pas de plus. C'était le genre matrone. Elle aussi avait du sang chinois. Elle était rassurante, gracieuse et maternelle. Les deux femmes étaient vêtues de blanc immaculé, de bas blancs et de coiffes blanches, comme dans les plus chics instituts de beauté américains. Leur peau avait un aspect doux et pâle, comme celles des gens qui sortent rarement.

Pendant que Bond embrassait du regard toute la scène, la femme qui leur avait ouvert se confondait en phrases conventionnelles de bienvenue. On aurait pu croire qu'ils s'étaient perdus dans une tempête et qu'on les attendait avec impatience.

— Mes pauvres amis, disait la dame avec sympathie, nous avions vraiment peur que vous n'arriviez plus ! On nous avait bien dit que vous étiez en route, mais nous étions vraiment inquiets. Nous vous attendions hier pour le thé. Puis on nous a dit que vous viendriez dîner. Ce n'est qu'il y a une demi-heure qu'on nous a prévenues que vous arriveriez pour le petit déjeuner. Vous devez mourir de faim.

La pimpante matrone se tut un instant pour reprendre souffle. Puis, du même ton gracieux, elle poursuivit :

— Venez, vous allez aider Sister Rose à remplir vos fiches d'admission, et ensuite, au lit tous les deux. Vous êtes épuisés, j'en suis sûre.

Elle les guida vers les fauteuils et poursuivit :

— Je me présente. Je suis Sister Lily, et voici Sister Rose. Elle ne vous demandera que de répondre à quelques questions. Une cigarette ?

Elle tendait une boîte de cuir toute ouverte, à trois compartiments.

— Américaines, Players ou cigarettes turques ? s'enquit-elle avec empressement.

Bond leva ses mains liées.

Sister Lily poussa un petit cri horrifié.

— Oh, Sister Rose, donnez-moi vite la clef. Combien de fois ai-je spécifié que les patients ne devaient pas être introduits ainsi ! Le personnel extérieur est vraiment impossible.

Sister Rose paraissait toute honteuse, elle aussi.

Hâtivement, elle défit les deux paires de menottes et les laissa tomber avec dégoût dans la corbeille à papiers, comme elle aurait fait avec des bandages sales.

— Et maintenant, dit Sister Rose, je vous promets de faire vite. Votre nom, s'il vous plaît, monsieur heu...

— Bryce, John Bryce.

— Votre adresse ?

— Aux bons soins de la société Royale de Zoologie, Regent's Park, Londres, Angleterre.

— Profession ?

— Ornithologiste.

— Mon Dieu, pourriez-vous épeler, s'il vous plaît ?

Bond s'exécuta.

— But de la visite, je vous prie.

— Oiseaux, dit Bond brièvement. Je suis le représentant de la Société Audubon de New York. Ils ont une concession sur cette île.

— Vraiment? dit Sister Rose sans lever le nez.

Elle écrivit exactement les paroles de Bond, avec application.

— Et, reprit-elle en souriant poliment en direction d'Honeychile, madame est votre femme? S'occupe-t-elle aussi d'oiseaux?

— Naturellement.

— Prénom?

— Honeychile.

— Quel nom ravissant! s'exclama Sister Rose, ravie. Votre parent le plus proche et ce sera tout.

Bond donna pour tous les deux le vrai nom de « M », comme parent le plus proche, sous le qualificatif d'oncle, directeur général, importateur-exportateur, Regent's Park, Londres.

Sister Rose acheva son pensum et leva enfin les yeux vers eux.

— Je vous remercie infiniment, monsieur Bryce, dit-elle. J'espère que vous vous plairez tous deux ici.

Sister Lily s'avança, avenante.

— Et maintenant, mes pauvres amis, venez avec moi. Oh, seigneur, voilà que j'ai oublié le numéro de leurs chambres!

— C'est la suite crème, intervint Sister Rose, le 14 et le 15.

— Ah parfaitement, ma chère, merci. Si vous voulez bien me suivre. J'ai bien peur que le chemin ne vous semble long. Le docteur parle souvent d'installer un tapis roulant, mais vous savez ce que c'est qu'un homme d'affaires, dit-elle avec un rire gai. Il a tant de choses en tête !

— Bien sûr, dit Bond poliment.

Il prit la main de Honeychile et tous deux emboîtèrent le pas à la douce Sister Lily. Ils parcoururent un interminable couloir, éclairé par de nombreuses appliques murales.

Bond répondait par des monosyllabes polis au babil de Sister Lily. Il était tout entier absorbé par l'accueil effarant qui leur avait été fait. Il était prêt à parier que les deux femmes étaient parfaitement sincères. Pas un geste ni un mot n'avait sonné faux.

L'absence de résonance dans la pièce et, maintenant, dans le long couloir, indiquait que probablement ils s'enfonçaient sous la colline; vers l'ouest, sans doute; vers la falaise à laquelle aboutissait l'île. La ventilation était parfaite, et sur les murs il n'y avait pas trace de moisissure. Bond songeait à l'argent qu'avait dû coûter pareille installation. Sans oublier la performance technique qu'elle représentait.

La pâleur des deux femmes prouvait

qu'elles devaient passer leur vie sous terre.
D'après ce qu'avait dit Sister Lily, elles
appartenaient à un personnel intérieur qui
n'avait rien à voir avec les hommes de main
du dehors. Elles avaient même l'air d'ignorer à quelles activités ils se livraient.

Tout cela était grotesque, conclut Bond,
dangereusement grotesque. Mais à quoi bon
épiloguer? En tout cas, apparemment,
mieux valait être dedans que dehors...

Le long couloir s'achevait par une porte.
Sister Lily sonna. On les attendait, car on
leur ouvrit immédiatement. Une délicieuse
Chinoise en kimono fleuri mauve et blanc les
accueillit en s'inclinant très bas, avec un
sourire charmeur. Elle avait un visage de
fleur pâle, épanoui et plein de chaleur.

— Les voilà enfin, May! s'écria Sister
Lily. Je vous présente M. et Mme John
Bryce. Ils doivent être épuisés. Aussi al-
lons-nous les conduire immédiatement à leurs
chambres, où ils prendront leur petit déjeuner et un repos dont ils ont bien besoin.

Elle se tourna vers Bond.

— Voici May... C'est un ange. Elle s'occupera de vous deux. Si vous avez besoin de
quoi que ce soit, sonnez-moi. Elle fait des
ravages parmi nos patients.

« Patients, songeait Bond. Voilà la seconde fois qu'elle utilise ce mot ! »

Il sourit courtoisement à May.

— Je suis ravi de vous connaître.

May les enveloppa d'un sourire radieux. Elle dit, d'une voix basse et prenante :

— J'espère que vous vous plairez ici l'un et l'autre, M. Bryce. J'ai pris la liberté de commander le breakfast, dès que j'ai appris votre arrivée. Si vous voulez bien me suivre...

Elle les guida le long d'un couloir rose très pâle, au tapis gris fumée. De chaque côté, il y avait des portes numérotées. May ouvrit la porte du 14, et ils entrèrent derrière elle.

C'était une délicieuse chambre à coucher à deux lits, aux meubles de bambou. Des fauteuils recouverts de chintz à roses rouges ressortaient agréablement sur la moquette blanche. Une porte menait à une chambre masculine, qui donnait sur une salle de bains extrêmement luxueuse. On se serait cru dans un des plus récents hôtels de Floride, à deux détails près, qui n'échappèrent pas à Bond : il n'y avait ni fenêtre, ni poignée intérieure aux portes...

Le regard de May allait de Bond à Honeychile, avec espoir. Bond lui sourit.

— Je suis sûr que nous serons très bien ici.

Un coup timide fut frappé à la porte, et une autre jeune fille, aussi ravissante que May, apparut, chargée d'un lourd plateau. Elle le posa sur une petite table au centre de la pièce et approcha deux chaises. D'un geste net, elle ôta la serviette de linon immaculée qui recouvrait les plats, et, sans bruit, quitta la pièce. Une odeur irrésistible de café et de bacon frit montait du plateau.

May et Sister Lily se retiraient. Toujours maternelle, Sister Lily crut devoir leur adresser quelques paroles d'adieu.

— Maintenant, mes pauvres amis, nous allons vous laisser en paix... Si vous avez besoin de quoi que ce soit, sonnez. Les sonnettes sont à côté du lit. Oh, j'y pense ! Vous trouverez des vêtements frais dans les placards. De style chinois, j'en ai peur, mais je crois que les tailles vous iront. Nous n'avons eu vos mesures qu'hier dans la soirée. Le Docteur a donné des ordres formels pour qu'on ne vous dérange pas. Il serait enchanté que vous vouliez bien lui faire le plaisir de dîner avec lui ce soir. Le reste de la journée est à vous, pour vous installer.

Elle s'arrêta et, avec un sourire anxieux, s'enquit :

— Puis-je dire que vous... ?

— Certainement, dit Bond. Vous pouvez dire au docteur que bien volontiers, nous dînerons avec lui ce soir.

— Oh, comme il va être content ! gloussa Sister Lily.

Après une dernière révérence, les deux femmes disparurent et fermèrent la porte derrière elles.

Bond se tourna vers Honey. Elle avait l'air embarrassée et évitait son regard. Il pensa tout d'un coup que, de toute sa vie, elle n'avait probablement jamais vu un tel luxe, et que pour elle, l'accueil qu'ils avaient reçu avait dû sembler encore bien plus étrange et plus terrifiant peut-être que la nuit du dragon.

Elle se tenait toute droite, figée dans son costume de sauvageonne. Des sillons de sueur, de poussière et de sel maculaient son visage. Ses jambes nues étaient noires de boue, et Bond remarqua que les orteils de la jeune fille étaient crispés et comme agrippés à l'épaisse moquette.

Alors il se mit à rire, d'un vrai rire gai, en pensant au tableau qu'ils devaient former, elle dans ses haillons, lui avec sa chemise bleue pleine de boue et ses jeans en tire-bouchon. Il lui prit les mains. Elles étaient toutes froides.

— Honey, dit-il, nous avons l'air de deux épouvantails. Le seul problème est de savoir si nous mangerons le breakfast d'abord pendant qu'il est chaud, ou si nous commencerons par prendre un bain. Seulement, après, le breakfast serait froid. Ne vous inquiétez de rien d'autre. C'est la seule chose qui compte.

Elle eut un sourire incertain. Ses yeux bleus examinaient Bond anxieusement.

— Vous n'avez pas peur de ce qui va nous arriver ? Ne croyez-vous pas que tout ceci est un piège ?

— Si c'est un piège, dit Bond, fataliste, eh bien nous sommes dedans ! Dites-vous bien, ma petite Honey, que la souricière s'est refermée et que la seule chose qui nous reste à faire, c'est de manger le fromage. Chaud ou froid.

Bond prit les mains de Honeychile et reprit, rassurant :

— Je vous en prie, Honey, ne vous préoccupez de rien, et laissez-moi faire. Voyons, rappelez-vous où nous étions il y a seulement une heure. N'est-ce pas mieux maintenant ? Allons, décidez-vous : bain ou breakfast ?

— Si vous pensez... commença Honey à regret... Je veux dire... Eh bien, je crois que je préfère me laver d'abord. Mais il faut que vous m'aidiez. De ma vie, je ne me suis jamais servi de ce genre d'instruments, dit-elle en désignant du menton la salle de bains et ses chromes.

— C'est tout simple, dit Bond, très naturellement. Je vais tout vous préparer. Et pendant que vous prendrez le bain, moi je déjeunerai, en gardant votre part au chaud.

Dans la penderie étaient disposés une demi-douzaine de kimonos de soie ou de coton fin. Bond en décrocha un, et le tendit à Honey.

Elle dit, d'une voix pleine de reconnaissance.

— Oh merci, James.

Et elle commença à déboutonner sa chemise.

Bond avait envie de la prendre dans ses bras et de l'embrasser à perdre haleine. Il se domina et passa dans la salle de bains. Rien ne manquait, ni les sels de bain, ni les savons parfumés, ni les eaux de toilette les plus raffinées.

Il aperçut un reflet dans la glace. Un corps cuivré, qui étincelait au milieu de la blancheur de la pièce. Il n'eut pas le temps de faire un geste. Honeychile était déjà dans ses bras et l'embrassait éperdument.

Cœur battant, il la serra contre lui. Elle murmura :

— Je me sentais toute drôle dans le kimono... Et puis, de toute façon, vous leur avez dit que nous étions mariés.

Le sein de Honey était doux et chaud sous sa main. De tout son corps, elle collait à lui.

« Pourquoi pas ? se dit Bond. Pourquoi pas ? Allons, ne fais pas l'imbécile ! Ce n'est pas le moment. Nous sommes tous les deux en danger de mort, et il faut rester de marbre si nous voulons avoir une chance de nous en tirer. Ne sois pas faible, ne sois pas lâche. »

Doucement et fermement, il écarta la jeune fille. Tendrement, ses lèvres effleurèrent la bouche rose. Puis il la repoussa. Un long moment, ils se regardèrent, incapables de déprendre leurs regards. Honey respirait très fort et ses lèvres entrouvertes laissaient deviner des dents éclatantes.

— Honey, dit Bond sourdement, entrez dans ce bain avant que je ne vous fesse !

Elle sourit lentement et, sans dire un mot, entra dans le bain et s'y allongea en s'étirant. Elle laissa filtrer vers lui un regard provocant.

— James, roucoula-t-elle, il faut que

vous me laviez... Je ne sais pas... Montrez-
moi.

— Taisez-vous, Honey, gronda Bond.
Prenez le savon et l'éponge, et frottez ! Ce
n'est absolument pas le moment de faire
l'amour, mettez-vous bien ça dans la tête.
Et d'abord, je vais prendre mon breakfast,
dit-il pour s'encourager.

Il posa la main sur la poignée et, résolument, ouvrit la porte.

— James ! souffla-t-elle doucement.

Il se retourna. Elle lui tirait la langue.
Il lui renvoya un sourire furieux et claqua
la porte.

Son cœur battait follement. Il se força à
rester immobile et à chasser de sa tête
l'image d'Honey. Il se força à vérifier les
issues des deux chambres, cherchant
une arme possible, des micros ou d'autres
pièges cachés. Il ne trouva rien. Sur le mur,
la pendule électrique marquait huit heures
et demie. Près du lit, une rangée de sonnettes, avec les inscriptions : « Coiffeur,
manucure, femme de chambre. » Il n'y avait
pas de téléphone. A l'angle du mur, juste
avant la retombée du plafond, un petit ventilateur. Trop petit, il n'y avait rien à en
tirer. Les portes étaient faites d'un métal
léger et peintes d'une couleur assortie à

celle des murs. De toute sa force, Bond se jeta contre l'une d'elles. Elle ne bougea pas d'un millimètre. Bond se frotta l'épaule. Prison délicieuse, mais prison tout de même ! Rien à faire.

Il s'assit devant le plateau du déjeuner et l'attaqua. De la salle de bains montait une voix douce qui chantonnait *Marion*. Bond décida de rester sourd et se jeta sur les œufs brouillés.

Dix minutes plus tard, la porte de la salle de bains s'ouvrait. Précipitamment, Bond se cacha la tête dans les mains. Honey eut un rire de défi et dit :

— C'est un connard ! Il a peur d'une simple fille.

Bond l'entendait fourrager dans les placards. Elle parlait toujours, à mi-voix, comme pour elle-même.

— Je me demande de quoi il a peur. Si je me battais avec lui, je gagnerais, c'est sûr. C'est peut-être de ça qu'il a peur... Il n'a peut-être pas de force. Pourtant, ses bras et sa poitrine étaient solides... Je n'ai pas vu le reste. Il a honte de quelque chose, c'est sûr. C'est pour ça qu'il n'ose pas retirer ses vêtements... Hum, voyons... Est-ce que ce kimono lui plaira ? James chéri, dit-elle en élevant la voix, que diriez-vous d'une tunique blanche avec des oiseaux bleu pâle ?... Ça vous plairait ?

— Oui, le diable vous emporte ! grogna Bond entre ses dents. Et maintenant, venez déjeuner. Je commence à avoir sommeil.

— Oh ! dit-elle avec un petit cri, si vous pensez que c'est le moment d'aller au lit, alors je me dépêche !

Bond ouvrit les yeux. Elle lui souriait. Elle était ravissante. Ses longs cheveux blonds étaient ramenés sur une joue. Elle éclatait de fraîcheur et ses grands yeux bleus brillaient de plaisir.

Maintenant, Bond en était sûr : il aimait son nez cassé. Il dut bien admettre qu'il aurait regretté qu'elle ne fût qu'une belle fille parfaite parmi d'autres belles filles.

— Ecoutez-moi, Honey, dit-il le plus sévèrement qu'il put. Vous êtes charmante, mais ce n'est pas la peine de montrer la moitié de vos seins, ce n'est pas comme ça qu'on porte un kimono. Pour l'amour du ciel, cessez d'essayer de ressembler à une « call-girl ». Réellement, ça ne se fait pas à l'heure du breakfast.

— Méchant ! dit Honey en rajustant le kimono. Pourquoi n'aimez-vous pas jouer ? J'ai envie de jouer à être mariée.

— Pas à l'heure du breakfast, répéta

Bond fermement. Venez manger, tout est délicieux. Et d'ailleurs je suis dégoûtant. Je vais me raser et prendre un bain.

Il se leva et alla lui mettre un baiser dans les cheveux.

— Et pour ce qui est de jouer, comme vous dites, ajouta-t-il, je vous jure que j'ai envie de jouer avec vous plus qu'avec n'importe qui au monde. Mais pas maintenant.

Sans attendre la réponse, il alla s'enfoncer dans la salle de bains.

Sous la douche, il avait horriblement sommeil. Le sommeil venait à lui par vagues, et de temps en temps il était obligé de s'arrêter, tant ses yeux se fermaient. Il eut de la peine à se brosser les dents. Les symptômes ne trompaient pas : il avait été drogué. Le café, sans doute, ou le jus d'ananas... Peu importait, rien n'importait. Il n'avait plus qu'une seule envie : dormir... Il marcha jusqu'à la porte comme un somnambule, oubliant qu'il était nu. Cela non plus n'avait pas d'importance. Honey avait sans doute fini son breakfast. Elle était au lit, profondément endormie, nue sous le simple drap. Il réussit à éteindre la lumière et s'effondra sur son lit.

La pendule électrique marquait neuf heures et demie.

A dix heures, la porte s'ouvrit lentement. Une silhouette mince et élancée parut à contre-jour. C'était un homme qui devait bien mesurer un mètre quatre-vingt-cinq. Il resta un instant sur le seuil, écoutant. Puis, satisfait, il entra et se pencha au-dessus du lit. Honeychile respirait calmement, profondément. Alors, l'homme alluma la lampe puissante qu'il portait sur la poitrine et, attentivement, examina quelques minutes le visage de la jeune fille. Une de ses mains rabattit lentement le drap jusqu'au pied du lit. Mais cette main n'était pas une main : c'était une paire de pinces d'acier articulées, qui disparaissait sous la large manche du kimono de soie noire.

Rêveusement, l'homme contempla longtemps le corps nu abandonné. Puis, délicatement, la pince saisit de nouveau le drap et en recouvrit Honey endormie.

Alors il s'approcha du lit de Bond. Il scruta chaque ligne, chaque ombre, chaque relief du beau visage, sombre et un peu cruel, qui reposait, comme privé de vie, sur l'oreiller. L'homme observa le battement de la veine jugulaire et en compta les pulsations. Puis, rabattant le drap, il écouta les battements du cœur de Bond.

D'un regard appréciateur, il jaugea les muscles des bras et des pectoraux. Il alla même jusqu'à examiner les lignes de la main, qui pendait, offerte.

Puis, avec un soin infini, il recouvrit Bond, d'une pince délicate. Une minute encore, la haute silhouette domina l'homme endormi. Enfin, sans bruit, l'inconnu quitta la pièce.

La porte se referma, avec un claquement sec.

XIV

Il était quatre heures et demie. Le long
du pain de sucre à guano zigzaguait le dernier wagonnet de la journée. Une centaine
d'hommes et de femmes s'étirèrent paresseusement, au coup de sifflet du contremaî-
tre. Les hommes prirent leur pipe, et tous
se dirigèrent vers leur hutte, en chanton-
nant. Demain, de l'autre côté de la colline,
ce serait fête. Comme chaque mois, le bateau qui ravitaillait l'île serait à quai. Cela
voulait dire qu'il y aurait de l'animation,
des provisions fraîches, des bijoux clin-
quants, du rhum, des danses, des rixes. La
vie était belle...

La vie était belle aussi pour l'état-major. Tous les Nègres-Chinois qui avaient traqué Bond, Quarrel et Honeychile, auraient congé, eux aussi. Et demain, à part la garde et les corvées de routine, ce serait fête pour la plupart d'entre eux.

Sous terre, au cœur de la colline, Bond s'éveilla dans son lit douillet. Il avait légèrement mal à la tête, mais se sentait extraordinairement reposé. Honey était déjà levée, et il l'entendait fredonner dans la salle de bains. Elle parut, une pile de kimonos à la main, détendue, fraîche, souriante. Elle portait un kimono de soie bleu ciel qui seyait merveilleusement à sa peau dorée. Bond s'étira.

— Surtout, dit-il, n'en changez pas !

— Oh, c'est vous ! dit-elle d'une voix faussement étonnée. Je pensais que vous ne vous réveilleriez jamais. Je suis venue vous voir plusieurs fois. Si on mangeait ?

— Pourquoi pas ? dit Bond en prenant nonchalamment la taille d'Honeychile.

Il examina la rangée de sonnettes et appuya sur le bouton « service intérieur ».

— Et si on essayait tous les autres ? dit-il. Payons-nous le traitement complet, tant que nous y sommes.

— Qu'est-ce que c'est qu'une manucure ?
pouffa Honey.

— Quelqu'un qui vous fait les ongles...
Mettons-nous sur notre trente et un, pour
le cher Dr No.

Mais Bond pensait surtout qu'il fallait se
procurer une arme quelconque, en prévision
de ce qui les attendait. Même une paire de
ciseaux serait mieux que rien.

Un coup discret fut frappé à la porte, et
l'exquise May fit son entrée. Elle était suivie de deux autres Chinoises minuscules.
Coupant court aux amabilités, Bond commanda du thé, des toasts, et requit la coiffeuse et la manucure.

— Auriez-vous la bonté, dit May en s'inclinant, de me dire ce que Mrs Bryce et
vous-même avez choisi pour le dîner ?

Elle leur tendait deux menus du parche-
min le plus épais. Sans enthousiasme,
Bond commanda du caviar, des côtelettes de
mouton grillées et des profiterolles.

May fit un discret signe d'approbation.

— Le Docteur, dit-elle, demande si
huit heures moins le quart vous convien-
drait ?

— Certes, dit Bond.

— Merci infiniment, Monsieur Bryce. Je
viendrai vous chercher dix minutes avant.

Honeychile était déjà entre les mains expertes de la coiffeuse et de la manucure. Bond se versa un whisky et l'emporta dans sa chambre. Il fallait renoncer à l'espoir de dérober quoi que ce soit à l'exquise manucure, car ciseaux et pinces étaient attachés à sa taille par une chaînette d'acier. Les ciseaux de la coiffeuse également...

Verre en main, Bond s'absorba dans de sombres réflexions.

Un peu plus tard, il entendit partir les Chinoises. Il leva les yeux et dit, du fond du cœur :

— Honey, vous êtes ravissante !

Il se versa un autre verre, regarda l'heure et enfila un kimono noir.

— Dieu que j'ai l'air bête dans cette tenue ! soupira-t-il.

Inéluctablement ponctuelle, May vint les chercher comme elle l'avait dit. Et sans un mot ils la suivirent, dans l'interminable couloir.

May appela l'ascenseur, dont une demoiselle chinoise leur tint la porte. Au passage, Bond remarqua que l'appareil était de marque Waygood Othis. Même l'ascenseur était « de luxe ». Cette constatation le déprima davantage. Il ne savait pas ce qui les attendait, mais ne pouvait s'empêcher d'imaginer le pire. Il sentit la main de Honey sur son bras.

— Vous n'êtes pas fâché contre moi, James ? murmura-t-elle.

— Non, dit Bond avec un sourire contraint. C'est contre moi que je suis furieux.

Il baissa la voix.

— Parlons de cette soirée, dit-il. Vous me laisserez parler. Soyez naturelle. Et n'ayez pas peur du Dr No. Il est peut-être un peu fou.

— Je ferai de mon mieux, dit Honey d'un ton pénétré.

L'ascenseur s'arrêtait. Bond n'avait aucune idée de la profondeur à laquelle ils se trouvaient. Trois cents mètres, cinq cents mètres ?... Les portes automatiques s'ouvrirent.

Bond et Honeychile se trouvaient dans une immense pièce vide. Trois des murs étaient couverts de livres jusqu'au plafond. Le quatrième mur paraissait être d'un épais verre bleu nuit.

La pièce devait être un bureau-bibliothèque, car on voyait dans un coin une longue table de travail et, un peu plus loin, des fauteuils confortables, une table basse couverte de magazines et de journaux. Le tapis était vert foncé, et la lumière tamisée.

222

Devant le mur de verre, une table portait un plateau, des verres et du whisky.

Bond s'approcha du mur. De petits poissons poursuivis par un plus gros apparurent dans la masse bleutée et disparurent. Qu'était-ce? Un aquarium? Bond leva la tête. A quelques centimètres sous le plafond, des vagues courtes léchaient le verre, et au-dessus des vagues, c'était la nuit et les étoiles. Il n'y avait pas d'aquarium, c'était la mer elle-même et le ciel sombre. Le long mur était de verre armé et ils étaient sous la mer, au fond de l'eau, à sept mètres de profondeur.

Honeychile regardait droit devant elle, fascinée, incapable d'un geste ou d'une parole. Bond lui-même ne pouvait détacher son regard de ce tableau sans cesse mouvant, de ces poissons et de ces coquillages aux couleurs éclatantes. Deux puissants projecteurs s'allumèrent, illuminant l'eau sombre. Leurs feux convergèrent dans l'ombre épaisse, révélant un énorme requin gris. Bond distinguait ses yeux roses, porcins, qui roulaient, éblouis par la lumière. Puis, avec un battement de queue dédaigneux, le requin balaya l'eau et s'enfuit.

Les lumières s'éteignirent. Bond se retourna. Il s'attendait à voir le Dr No, mais la pièce était toujours vide. Quel cerveau extraordinaire avait pu concevoir une idée aussi fantastique et la réaliser ? Et combien cela avait-il pu coûter ?

— Un million de dollars, dit une voix caverneuse, avec un léger accent américain.

Lentement, presque à regret, Bond se tourna.

Le Dr No était entré par une porte située derrière le bureau. Il était debout et les regardait, un sourire bénin sur ses lèvres minces.

— Je suppose, dit-il, que vous vous demandiez le prix de l'installation. C'est généralement à quoi pensent mes invités au bout d'un quart d'heure. Je me trompe ?

— Pas le moins du monde, dit Bond, froidement.

Toujours souriant — il allait falloir s'habituer à ce sourire — le Dr No vint vers eux. Il semblait glisser plutôt que marcher. Sa silhouette maigre paraissait interminable. Il se tenait très droit, et Bond, qui pourtant mesurait plus d'un mètre quatre-vingt, avait l'air d'un petit garçon à côté de lui. Le crâne était entièrement rasé et le menton effilé. Cela donnait à la tête l'air d'une goutte d'eau renversée, ou plutôt d'une goutte d'huile, car la peau était d'un jaune presque translucide.

Impossible de deviner l'âge de ce personnage. Il n'y avait aucune ride sur le visage, et cela faisait un drôle d'effet, de voir un front aussi lisse que le crâne poli. Des joues très creuses et des pommettes saillantes, douces comme du vieil ivoire. Des sourcils noirs et obliques, qui avaient l'air peints. Dessous brillaient des yeux noirs, sans cils... On aurait dit deux petites bouches noires, directes, implacables et totalement dénuées d'expression.

Le nez, très maigre, finissait très près d'une bouche qui, malgré un sourire presque permanent, était empreinte de cruauté et de décision.

A quelques pas devant eux, le Docteur No s'inclina. Son sourire se fit encore plus insoutenable.

— Pardonnez-moi, dit-il, de ne pas vous serrer la main. Mais j'en suis incapable.

Lentement, les manches du kimono s'écartèrent et s'ouvrirent.

— Je n'ai pas de mains, dit-il d'une voix profonde.

Deux paires de pinces d'acier, pareilles aux antennes d'une mante religieuse, émergèrent du tissu soyeux, puis disparurent.

Bond sentit plus qu'il ne vit le sursaut d'horreur d'Honeychile. Les deux manches noires s'agitèrent dans la direction de la jeune fille.

— C'est un grand malheur, dit le Dr No d'une voix grave.

Et se tournant vers Bond :

— Vous admiriez mon aquarium ? L'homme aime les animaux et les oiseaux. Moi, j'ai décidé d'aimer les poissons... C'est infiniment plus varié et plus intéressant. Je suis sûr que vous ne tarderez pas à partager ce goût l'un et l'autre.

— Je vous félicite très sincèrement, dit Bond d'une voix unie. Je n'oublierai jamais cette pièce.

— Certainement pas, laissa tomber le Dr No, avec une inflexion légèrement sardonique. Mais nous avons tant à nous dire, et si peu de temps !... Asseyez-vous, je vous en prie. Un verre, peut-être ?... Les cigarettes sont à côté de vous.

Le Dr No s'assit sur une haute chaise de cuir, et Bond en face de lui. Un petit Nègre-Chinois en pantalon noir et veste blanche s'avança vers eux.

— Voici mon garde du corps, présenta aimablement le Dr No. C'est un expert en bien des matières... Ne vous étonnez pas

qu'il soit apparu si soudainement. J'ai toujours un appareil de transmission sur moi...
Il inclina le menton vers sa poitrine. Que prendrez-vous, Mademoiselle ?

Il n'avait pas dit « Madame », pensa Bond, en se tournant vers Honeychile. Les yeux de la jeune fille avaient un éclat fixe. Elle dit calmement :

— Un coca-cola, s'il vous plaît.

Intérieurement, Bond poussa un soupir de soulagement. Honey tiendrait le coup. Elle ne se laisserait pas impressionner par ce cirque.

— J'aimerais, dit Bond d'une voix douce, un dry-Martini à la vodka russe ou polonaise, avec un zeste de citron. Frappé, mais non glacé.

— Je vois, dit le Dr No, avec un de ces sourires dont il avait le secret, je vois que vous êtes un homme qui sait ce qu'il veut. Vos désirs seront satisfaits cette fois... N'avez-vous pas remarqué que, quand on veut vraiment quelque chose, on l'obtient ? J'ai souvent pensé cela.

— C'est vrai pour les petites choses, dit Bond.

— Si vous échouez dans les grandes, c'est que vous n'avez pas de grandes ambitions. La volonté, la concentration, suffisent. Le reste suit; les instruments se forgent d'eux-mêmes. Donnez-moi un point d'appui, et je soulèverai le monde. Mais seulement si j'ai vraiment le désir de le soulever... Je vous ennuie, peut-être. Nous bavardons, et nous préférerions l'un et l'autre une conversation sérieuse, n'est-il pas vrai?... Le Martini est à votre goût?... Sam-Sam, dit-il en se tournant vers son garde du corps, laissez le shaker à côté de l'homme et mettez une autre bouteille de coca-cola à côté de la fille... Il est huit heures dix. Nous dînerons à neuf heures précises.

Le Dr No se redressa sur son fauteuil de cuir rouge. Un instant, le silence fut total dans la pièce. Puis il dit :

— Et maintenant, Monsieur James Bond, de l'Intelligence Service, si nous nous racontions nos petits secrets? D'abord, pour bien vous montrer que je ne cache rien, je vous dirai les miens. Puis ce sera votre tour.

Les yeux du Dr No étaient deux flammes sombres.

— Mais, reprit-il, nous ne dirons l'un et l'autre que la vérité, n'est-ce pas? Rien que la vérité.

Il agita sa paire de pinces sous le nez de Bond.

— Si vous mentez, martela-t-il, ceux-ci (il

agitait la pince en parlant) ceux-ci me le diront.

Et délicatement le Dr No porta la pince à ses yeux, comme s'il avait voulu les transpercer. Il y eut un petit bruit métallique.

— Ceux-ci voient tout, dit-il.

XV

James Bond prit son verre et le sirota pensivement. Ainsi il ne servait plus à rien de bluffer. Son histoire de représentant de la Société Audubon ne tiendrait pas, à l'examen. Restait à voir s'il pouvait protéger Honeychile. Et d'abord, la rassurer.

Il sourit aimablement au Dr No en disant :

— Il y a quelques jours, j'ai eu le plaisir de rencontrer votre agent au palais du gouverneur, Miss Taro. J'ai fait mon rapport, et la chose sera divulguée sous peu.

Le visage du Dr No ne bougea pas. Aucun signe d'intérêt. Rien.

— Ainsi, poursuivit Bond, que bien d'autres choses. Mais si nous devons avoir une conversation sérieuse, laissons là la mise en scène, je vous en prie. Vous êtes un homme intéressant, mais à quoi bon essayer de vous rendre plus intéressant que vous ne l'êtes ? Vous avez eu la malchance de perdre vos mains et vous portez des mains mécaniques. C'est le cas de beaucoup d'hommes qui ont été blessés pendant la guerre. Vous portez également des verres de contact au lieu de lunettes, et vous employez un walkie-talkie, au lieu d'une sonnette, pour appeler votre domestique. Vous avez sans doute d'autres tours dans votre sac. Mais, Docteur No, vous n'en êtes pas moins un homme qui dort et qui mange, comme tout le monde... Gardez ces simagrées pour vos terrassiers. Moi, elles ne m'impressionnent pas.

Le Dr No inclina légèrement la tête.

— Bien parlé, Monsieur Bond, dit-il. J'accepte la leçon. Il est certain que j'ai contracté quelques petites manies, car j'ai vécu trop longtemps en compagnie de gens indignes de moi. Mais méfiez-vous tout de même : je suis un technicien. J'ajuste l'outil à la matière; je possède du reste un excellent assortiment d'instruments pour les matériaux rebelles. Quoi qu'il en soit, continuez, c'est toujours un plaisir rare d'avoir un auditeur intelligent. J'aimerais vous raconter l'histoire d'un des hommes les plus remarquables du monde. Vous êtes la première personne qui entendrez cette histoire, car je ne l'ai jamais racontée jusqu'ici. Vous êtes d'ailleurs la seule personne de ma connaissance capable de l'apprécier. Et aussi — le Dr No marqua un léger temps — de la garder pour vous. Cette dernière remarque s'applique également à... Mademoiselle.

Et voilà ! Le voile allait se lever, mais ni Bond ni Honeychile ne raconteraient jamais ce qu'ils avaient vu et entendu. Maintenant, Bond le savait : le Dr No était vraiment trop fort et trop bien équipé. Néanmoins, il fit un dernier effort.

— Ce n'est pas la peine, dit-il, de mêler cette jeune fille à nos histoires. Elle n'a aucun rapport avec moi. Je l'ai vue pour la première fois hier sur la plage, où elle cherchait des coquillages. Comme vos hommes ont détruit son canot, j'ai dû l'emmener avec moi. Alors renvoyez-la chez elle. Elle ne parlera pas, elle va vous en faire le serment.

— Si, je parlerai ! cria fièrement Honeychile. Je dirai tout. Je ne veux pas partir, je reste avec vous.

— Je ne veux pas de vous, dit Bond d'un ton glacé.

— Voyons, dit le Dr No fort benoîtement, ne jouez pas les héros ! Tout cela est vain. Personne n'a jamais quitté cette île après y être venu. Personne, m'entendez-vous ? Alors n'essayez pas de discuter ni de m'amadouer, c'est absolument inutile.

Bond regarda Honey en souriant :

— Je ne pensais pas ce que j'ai dit, Honey. Je préfère que vous soyez là. Nous allons écouter ensemble ce que ce maniaque a à nous dire.

— C'est vrai, Monsieur Bond, dit doucement le Dr No, je suis un maniaque. Tous les grands hommes sont des maniaques. Les grands scientifiques, les artistes, les philosophes, les chefs religieux : tous des maniaques. Moi, voyez-vous, j'ai la manie du pouvoir. C'est elle qui donne un sens à ma vie; c'est pour cela que je suis ici. C'est pour cela que vous êtes là. C'est pour cela que Crab Key est ce qu'il est.

Bond vida son verre et s'en servit un autre.

— Vous ne m'étonnez pas, dit-il posément. C'est toujours la même vieille histoire. Le monde est plein de gens qui se prennent pour le roi d'Angleterre, pour le président des Etats-Unis ou pour Dieu lui-même. Les asiles en regorgent. La seule différence, c'est qu'au lieu d'être enfermé, vous avez bâti votre asile vous-même. Mais, ce que je voudrais comprendre, c'est comment le fait d'être ici, retranché du monde, peut vous laisser l'illusion du pouvoir.

— Monsieur Bond, dit le Dr No d'une voix légèrement irritée, vous apprendrai-je que le pouvoir, c'est la souveraineté ? Vous parlez de rois, de présidents. Quels pouvoirs ont-ils ?... Seulement celui que leur peuple leur donne. Quel potentat, au monde, a encore un droit de vie et de mort sur ses sujets ? Maintenant que Staline est mort, pouvez-vous me citer un seul nom, si ce n'est le mien ? Et comment se fait-il que je possède un tel pouvoir ? Simplement parce que personne ne SAIT... Parce que je n'ai aucun compte à rendre à personne.

— Illusion du pouvoir, dit Bond en haussant les épaules. Tout homme qui a un revolver à la main a droit de vie ou de mort sur son voisin. D'autres êtres ont tué en secret et s'en sont tiré. Mais ils ont fait le désert autour d'eux, car il est un pouvoir supérieur, celui qu'exerce la communauté.

Vous n'y échapperez pas, Docteur No, et je vous le dis, votre recherche du pouvoir est une illusion, parce que le pouvoir lui-même est une illusion.

— La beauté aussi, Monsieur Bond, n'est qu'une illusion. Et aussi l'art, l'argent, et la mort. La vie aussi, probablement. Ce ne sont que des concepts relatifs. Vous jouez sur les mots. Cela ne m'atteint pas. Revenons-en, si vous le voulez bien, au début de cette conversation, à ma manie du pouvoir. Et je vous en prie, dit-il avec un sourire fixé, ne croyez pas que cette demi-heure de conversation avec vous puisse changer quoi que ce soit à ma ligne de conduite. Ecoutez plutôt l'histoire, que je vais vous raconter...

Le côté artificiel et irréel de toute cette scène, les trois personnes assises sur des sièges confortables, buvant tranquillement, les lumières tamisées, les tapis moelleux, tout cela parut soudain absurde à Bond.

Le danger, le drame lui-même, n'étaient rien, comparés à la progression lente du coquillage en forme de tulipe qu'il voyait derrière la vitre.

Et si le verre éclatait ?... Si les résistances avaient été mal calculées, ou si les ouvriers avaient commis une négligence ?

Et si, tout simplement, la mer décidait

brusquement de peser un peu plus lourdement sur le verre ?...

— Je suis, dit le Dr No d'une voix lente,
le fils unique d'un missionnaire méthodiste
allemand et d'une jeune Chinoise de bonne
famille. Je suis né à Pékin, mais du mauvais côté de la barricade, comme on dit. Je
n'étais qu'une gêne. On a payé une tante
de ma mère pour m'élever. Pas d'amour,
voyez-vous, Monsieur Bond ! Carence af-
fective. Le grain était semé, il a levé. J'ai
commencé par travailler à Shangaï, où je
me suis lié avec les Tong. A cause d'eux,
j'ai aimé les conspirations, les vols, les
meurtres, les incendies... C'était ma façon
de me révolter contre le père qui m'avait
manqué, qui m'avait trahi. J'ai aimé tuer,
détruire les choses et les gens. Je suis devenu un spécialiste du crime. C'est alors que
les ennuis ont commencé. Les Tong me
trouvaient trop précieux pour être un simple tueur; alors ils m'ont envoyé à New
York. J'avais une lettre d'introduction en
code, pour l'un des deux plus puissants
Tong d'Amérique. Je n'ai jamais su ce
qu'il y avait dans la lettre, mais ils m'ont
pris aussitôt comme homme de confiance. A
trente ans, j'étais trésorier. Je veillais sur
un million de dollars. Alors la guerre entre

les deux grands Tong a éclaté. C'était pendant les années vingt ; pendant des semaines, des centaines de gens ont été tués des deux côtés ; torture, meurtres et incendies, j'étais comme un poisson dans l'eau... Les choses se sont gâtées quand on a mobilisé presque toute la police de New York pour faire régner l'ordre. Alors, moi, j'ai réalisé le million de dollars en or, et j'ai disparu dans Harlem... C'était stupide, j'aurais dû quitter l'Amérique, m'enfuir le plus loin possible, car même du fond des cellules de Sing-Sing les Tong me cherchaient. Et ils m'ont trouvé. Des tueurs sont venus dans la nuit. Ils m'ont torturé, mais je n'ai pas dit où j'avais caché l'or. Ils m'ont torturé toute la nuit, et au matin, quand ils ont vu qu'ils ne pourraient rien tirer de moi, ils m'ont coupé les mains, pour montrer que j'étais un voleur, et ils m'ont tiré une balle dans le cœur... Seulement il y a quelque chose qu'ils ne savaient pas : c'est qu'un homme sur un million a le cœur à droite, et que je suis cet homme. J'ai survécu, à l'opération, au mois d'hôpital, et pendant tout ce temps, j'ai réfléchi. Je n'ai cessé de penser au moment où je recouvrerais l'argent, à la façon dont je me garderais et à l'usage que j'en ferais.

Le Dr No se tut un instant. Une rougeur colorait ses pommettes. Il s'agita sur son fauteuil; il revivait ses souvenirs. Il ferma les yeux, rentrant en lui-même.

Bond pensa : « C'est le moment : je casse mon verre et je lui tranche la gorge. »

Mais les yeux sans cils s'ouvrirent.

— Je ne vous ennuie pas, au moins ? dit No d'une voix douce.

— Non, fit Bond.

Le moment était passé. Y en aurait-il un autre ?

— Quand je suis sorti de l'hôpital, Monsieur Bond, poursuivit l'étrange personnage, je suis allé droit chez Silberstein, le plus grand vendeur de timbres de New York. J'ai acheté une enveloppe, une enveloppe unique, contenant les timbres les plus rares du monde. J'ai investi tout mon or en timbres; j'avais prévu la guerre mondiale. Je savais qu'il y aurait une inflation, mais que les choses les plus rares garderaient leur valeur. Dans le même temps, j'ai changé d'apparence. Je me suis fait arracher les cheveux un par un, avec les racines. La chirurgie esthétique a fait de mon gros nez un nez mince; elle a agrandi ma bouche, affiné mes lèvres. Comme je ne pouvais pas devenir plus petit, je suis devenu plus grand; j'ai porté des chaussures spéciales; j'ai subi des mois de traction de la colonne vertébrale; j'ai changé de maintien; j'ai troqué mes mains mécaniques pour des mains de cire, et j'ai porté des gants. Mon nom aussi, je l'ai changé. Je me suis appelé Julius comme mon père, et No parce que je l'avais rejeté, lui et toute autorité. J'ai adopté une des premières paires de verres de contact qui aient été faites. Je suis parti pour le Milwaukee, où il n'y a pas de Chinois, et je me suis inscrit à la Faculté de Médecine. Là, je me suis perdu dans l'étude du corps humain et de l'esprit humain. Pourquoi, direz-vous ? Parce que je voulais savoir tout ce dont ce corps et cet esprit sont capables. Il fallait que j'apprenne à me servir de mes outils, avant de me délivrer de la faiblesse physique, des dangers matériels et des hasards de la vie. Je voulais pouvoir faire aux autres ce que les autres m'avaient fait, être le juge unique. C'est cela, qu'il vous plaise ou non, l'essence du pouvoir temporel.

Bond regarda Honeychile. Elle lui souriait.

— Vous devez avoir faim l'un et l'autre, dit le Dr No avec une sollicitude inattendue. Ce ne sera plus long, maintenant. J'ai donc achevé mes études, j'ai quitté l'Amérique et j'ai sillonné le monde. Je me suis intitulé « docteur » parce que les docteurs suscitent les confidences et posent des questions sans éveiller la méfiance. J'étais à la recherche de mon futur domaine. Il fallait qu'il fût sûr en cas de guerre, donc une île. Il fallait que j'y fusse le maître absolu, et il fallait que l'île fût susceptible de développement industriel. J'ai trouvé Crab Key; j'y habite depuis quatorze ans. Le guano, c'est l'industrie idéale. Les oiseaux n'ont besoin d'aucun soin, sinon de tranquillité. Le seul problème, c'est le prix de la main-d'œuvre. Cela se passait en 1942. Un simple ouvrier cubain ou jamaïquain gagnait dix shillings par semaine à couper la canne à sucre. J'en ai débauché une centaine, en les payant douze shillings. Mais à une seule condition : que leur salaire serait immuable. Ainsi je garantissais ma communauté contre l'inflation mondiale. Evidemment, il m'a fallu quelquefois employer la manière forte. Mais le fait est que mes hommes sont contents de leur salaire, car c'est le plus haut dont ils aient jamais entendu parler. Ensuite j'ai fait venir une douzaine de Nègres-Chinois avec leurs familles, pour surveiller tout ce beau monde. Ils reçoivent une livre et demie par semaine; ce sont des hommes sûrs et avisés. Ils ont compris ce que j'attendais d'eux. Ils ont prospéré. J'ai fait venir également quelques ingénieurs et quelques architectes, choisis pour des raisons particulières, et nous avons commencé nos travaux souterrains. De temps en temps, je fais venir une équipe de spécialistes, que je paie très cher, mais qui n'a aucun contact avec le reste de la communauté. Ils vivent sous terre et, quand leur travail est fini, ils partent par bateau... Vous reconnaîtrez, je crois, que vous avez reçu un accueil digne de vous, et que le luxe de cette maison ne le cède en rien à celui des milliardaires américains. J'en arrive à l'extension de mon pouvoir sur le monde extérieur. Je vous ai dit que j'ai passé ici quatorze années sans nuage. Ce n'est pas tout à fait exact. Une ombre a toujours plané, une ombre ridicule : les stupides oiseaux de la concession Audubon. Je ne vous ennuierai pas avec les détails. Vous savez qu'il y avait deux gardiens qui vivaient au milieu du lac. Ils recevaient leurs provisions de Cuba. De temps en temps, un ornithologue d'Amérique débarquait, passait quelques jours au camp et s'en allait. Cela m'était égal, car cette zone était interdite à mes hommes, et

241

les gardiens n'avaient pas le droit d'en sortir. Mais un jour j'ai reçu une lettre, par le bateau qui vient chaque mois. La Société Audubon m'informait de son intention de construire un hôtel sur sa concession, près de la rivière que vous avez rencontrée. Les amoureux des oiseaux viendraient du monde entier; on tournerait des films, et Crab Key, m'annonçait-on, deviendrait célèbre... Quelle ironie ! J'avais conquis mon indépendance, j'avais dressé des plans sans faille pour l'avenir, et tout cela serait balayé à cause d'une couvée d'oiseaux et d'une société de vieilles femmes !... J'ai offert une somme énorme pour racheter la concession. Ils ont refusé. La rage au cœur, j'ai étudié les habitudes de ces oiseaux, et soudain la solution a surgi, lumineuse : il n'y avait qu'à les effrayer, pour leur faire quitter l'île. J'ai acheté en Floride un véhicule amphibie, qu'on utilise pour la prospection du pétrole, et j'en ai fait un engin de mort. Il terrorise et il brûle, non seulement les oiseaux, mais les hommes. Il fallait bien faire partir les gardiens. Une nuit de décembre, j'ai fait brûler le camp et on m'a dit que les deux gardiens étaient morts. Malheureusement un de ces deux imbéciles a réussi à aller mourir à la Jamaïque. Du côté des oiseaux, le succès était complet. Ils sont morts par milliers. Seulement la Société Audubon avait la puce à l'oreille. Elle m'a demandé l'autorisation de faire atterrir un avion à Crab Key, pour faire une enquête. J'ai accepté, c'était plus sage. Un accident, dit-il avec un sourire ineffable, est si vite arrivé !... Hélas, cela n'a pas suffi ! On m'a envoyé un destroyer. Cette fois, j'ai reçu le capitaine et ses officiers. Ils sont partis contents et la paix est revenue.

Le Dr No toussa délicatement. Ses yeux allaient de Bond à la fille.

— Voilà, conclut-il, mes chers amis, mon histoire, ou plutôt le premier chapitre de mon histoire. Car maintenant que la Société Audubon a compris, je suis libre de nouveau.

— Tout cela est très intéressant, dit Bond. Voilà pourquoi vous avez fait tuer Strangways et sa secrétaire. Au fait, où sont-ils donc ?

— Au fond du réservoir Mona, dit No d'une voix unie. Strangways devenait gênant, il en savait trop. Je pensais pouvoir me débarrasser de vous de la même façon, mais vous avez eu de la chance. Comme j'avais lu votre dossier, je savais quel type d'homme vous étiez. Et je savais que vous viendriez ici, et que vous ne m'échapperiez pas. Sur mon radar, j'ai vu votre canot. Je vous attendais.

— Votre radar, dit Bond, n'est pas très fort, car il y avait deux canots, et ce n'est pas le mien, que vous avez vu, c'est celui de cette jeune fille, qui n'a rien à voir avec moi.

— Voilà qui tombe à merveille, rétorqua le Dr No, car j'ai précisément besoin d'une femme blanche pour quelques petites expériences.

— Tout cela est passionnant, Docteur No, dit Bond d'un ton presque insultant. Mais je crains qu'un léger détail ne vous ait échappé : nous faire disparaître ne vous sauvera pas, car j'ai d'ores et déjà préparé mon rapport à votre sujet : trois tentatives de meurtre, un faux accident de voiture où deux innocents ont laissé la vie, le nom de vos agents miss Tong et miss Taro, tout y est. Ce rapport sera ouvert, selon mes instructions, si je ne suis pas rentré de Crab Key dans les trois jours.

Le visage du Docteur No était impénétrable.

— Mais à cause de cette jeune fille et d'elle seulement, poursuivit Bond d'une voix douce, je vais vous faire une proposition honnête. En échange de notre retour, sains et saufs, à la Jamaïque, je vous accorde un délai d'une semaine. Le temps de glisser de nouveau votre petite collection de timbres dans une enveloppe, de prendre votre avion et d'essayer de disparaître... Qu'en pensez-vous ?

XVI

— Le dîner est servi, monsieur, annonça une voix tranquille.

Bond se retourna. Deux hommes se tenaient devant la porte, le garde du corps et un autre Chinois du même format qui aurait pu être son frère. Les mains enfouies dans les manches de leur kimono, ils étaient respectueusement inclinés vers le maître.

— Déjà neuf heures ! dit le Docteur No, qui paraissait sortir d'un rêve. Venez, nous continuerons cette intéressante conversation dans un endroit plus intime. Merci de m'avoir écouté l'un et l'autre avec tant de patience. J'ose espérer que la modestie de ma modeste cuisine et mon humble cave ne seront pas trop indignes de vous.

Une double porte s'ouvrit silencieusement. Bond et Honey suivirent le Dr No dans une petite pièce octogonale. Un beau lustre de Venise éclairait des boiseries bleu pâle qui n'auraient pas déparé le Petit Trianon.

Une table où luisaient les cristaux et l'argent était dressée pour trois. Cérémonieux, le Dr No indiqua à Honey une chaise à sa droite. Ils s'assirent et déplièrent leur serviette de soie blanche. Cette pièce exquise et ce cérémonial rendaient Bond fou furieux. Il avait envie d'étrangler le Docteur avec sa serviette de soie, et de serrer jusqu'à ce que ses précieux verres de contact lui tombent des yeux.

Les deux gardes du corps servaient en gants blancs, avec douceur et précision. De temps en temps, le Dr No leur jetait un mot en chinois. Tout d'abord, au début du dîner, il avait paru préoccupé.

Bond, s'efforçant à la désinvolture, mangeait et buvait d'abondance. Il essayait avant tout de cacher ses craintes à Honey et, sur le ton de la conversation mondaine, lui parlait de la Jamaïque, de sa faune et de sa flore, qu'elle connaissait bien. De temps en temps, il sentait le pied de la jeune fille se presser contre le sien sous la table. Elle devenait presque gaie. On aurait dit un jeune couple invité à dîner chez le méchant oncle à héritage.

Bond se demandait si son bluff avait pris sur leur amphitryon. Il ne l'espérait guère.

Si incroyable qu'elle parût, l'hallucinante biographie du Chinois devait être vraie. Tout en bavardant avec insouciance, Bond se préparait au pire. Avant tout, il lui fallait absolument une arme. Quand les côtelettes arrivèrent, grillées à point, il attaqua la sienne avec le couteau à pain. Tout en mangeant et en parlant, il rapprochait insensiblement de son assiette le couteau à viande. D'un geste maladroit, il renversa son verre de champagne et profita de la confusion qui suivit pour enfouir le couteau dans l'ample manche de son kimono.

Tout en se confondant en excuses, il fit glisser l'arme improvisée sous son bras et de là jusqu'à sa taille. Puis, d'un geste négligent, il resserra sa ceinture de soie et bloqua le couteau tout contre son estomac.

Le repas se terminait. On apporta le café. Les deux gardes du corps se tenaient derrière Bond et Honeychile, les mains croisées sur la poitrine, impassibles, sereins comme des exécuteurs.

Sur sa chaise, le Dr No se redressa et s'inclina légèrement, en direction de Bond.

Il n'y avait plus trace de préoccupation sur son visage, et ses yeux étaient durs.

— J'espère que ce dîner ne vous a pas déplu, Monsieur Bond, murmura-t-il.

Bond prit une cigarette dans la boîte d'argent qui était devant lui et l'alluma. Nonchalamment, il jouait avec le briquet d'argent qui était sur la table. Les choses allaient se gâter, il le sentait. Il fallait absolument qu'il se débrouillât pour subtiliser le briquet. On a toujours besoin de feu.

— C'était excellent, dit Bond du ton de la conversation la plus mondaine.

Les avant-bras sur la table, il se pencha vers Honey. En souriant, il croisa les bras, cachant le briquet.

— Un dîner vraiment agréable, n'est-ce pas, ma chère ?

— Merveilleux, dit Honey, l'air dégagé.

Sur sa chaise, Bond s'agitait beaucoup. Il se tourna vers le Dr No.

— Et maintenant, à quoi joue-t-on ? demanda-t-il.

Tandis que les yeux du sinistre docteur étaient fixés sur les siens, adroitement il fit disparaître le briquet.

— J'ai, dit le Dr No d'une voix lente, examiné attentivement votre proposition. Je regrette, elle est irrecevable.

— Vous avez tort, dit Bond en haussant les épaules.

— Non, Monsieur Bond. Décidément, je ne crois pas à votre histoire. Si je me trompe, tant pis, j'en subirai les conséquences. Admettons que la police arrive, que les soldats envahissent l'île. Ils cherchent un homme et une jeune fille. Quel homme, quelle fille ? Je ne suis pas au courant. « Je vous en prie, laissez-moi tranquille, vous gênez les oiseaux de ma *guanera*. Où sont vos preuves, votre mandat de perquisition ? On ne plaisante pas avec la loi anglaise, Messieurs... » Et maintenant envisageons le pire : qu'un de mes agents parle. Ce qui, d'ailleurs, est hautement improbable, ajouta-t-il avec un de ces délicieux sourires dont il avait le secret. Je le ferai supprimer, voilà tout. Un ou deux morts de plus ou de moins, peu m'importe ! Vous n'avez plus rien à dire ?... Pas de questions à me poser ?... Vous avez l'un et l'autre devant vous une nuit fort chargée... Et le temps passe. Quant à moi, j'ai grand besoin de sommeil. Je me lève très tôt demain matin, pour surveiller le chargement du bateau qui vient chaque mois... Eh bien, Monsieur Bond...

Bond regarda Honeychile. Elle était mortellement pâle. Ses yeux étaient fixés sur lui, attendant un miracle. Attendant l'impossible...

— J'aimerais connaître, dit Bond pour gagner du temps, la suite de votre programme.

— Vous êtes curieux, Monsieur Bond. C'est le métier qui veut cela. Mais c'est une qualité que j'admire chez un homme qui n'a plus que quelques heures à vivre. Aussi vous répondrai-je. Pour vous consoler, peut-être, disons d'abord que votre instinct ne vous avait pas trompé : Crab Key est bien autre chose qu'une île à guano. Cette île, Monsieur Bond, dit-il en élevant la voix et en scandant les mots, est en train de devenir un des centres secrets les plus importants du monde.

— Oh, pas possible ! dit Bond.

— Vous savez, poursuivit le Dr No, dédaignant l'ironie, que Turks Island, qui est située à cinq cents kilomètres d'ici, est l'île où les Américains expérimentent leurs missiles téléguidés.

— En effet.

— Vous avez peut-être lu dans les journaux que les derniers Rockets qui ont été lancés récemment ont eu bien des ennuis... Le Smark, par exemple, qui a achevé sa course dans les forêts du Brésil, au lieu de finir dans les profondeurs de l'Atlantique

Sud. Vous vous rappelez qu'il a refusé d'obéir aux instructions reçues... Il avait développé une volonté propre.

— Je m'en souviens, dit Bond.

— Il y a eu d'autres échecs, tout aussi désolants... J'ai oublié les noms de tous les prototypes qui ont été essayés, les Zuni, le Matador, le Régulus, le Beaumarc, et tant d'autres... Mais ce que je sais, Monsieur Bond, — la voix vibrait d'orgueil — et ce qu'il vous intéressera probablement de savoir, c'est que Crab Key est à l'origine de ces échecs.

— Comme c'est intéressant !

— Vous ne me croyez pas ? Peu importe ! D'autres me font confiance; d'autres qui ont assisté à l'abandon de toute une série de prototypes : les Mastodontes, à cause de leurs erreurs répétées de navigation aérienne et de leur répugnance à suivre les instructions données par radio de Turks Island. J'ai nommé les Russes. Les Russes sont mes partenaires dans cette aventure. Ils ont entraîné six de mes hommes et leur ont appris tout ce qui concerne les fréquences radio et les engins téléguidés. Il y a ici, Monsieur Bond, pour un million de dollars de matériel spécial. Des instruments pour contrôler les signaux, d'autres pour les brouiller, un observatoire unique au monde, bien d'autres choses encore... Qu'il vous suffise de savoir que d'ici nous sommes capables d'influencer le cerveau électronique des missiles et de leur ordonner de se détruire eux-mêmes... Résultat : panique au Pentagone. On change d'ingénieur, on change de dessinateur, on change de constructeur, et on recommence... Que pensez-vous, cher Monsieur Bond, de ce petit à-côté de mes activités ? C'est un à-côté très profitable, en tout cas, et qui peut le devenir plus encore... Qui sait ? Peut-être la Chine communiste paiera-t-elle mieux.

« Et voilà ! » pensa Bond. Toutes les pièces du puzzle s'ajustaient. Pour garder sa place sur le marché de l'espionnage international, No n'avait plus qu'une chose à faire : supprimer Honeychile Rider et James Bond, de l'Intelligence Service.

— Finissons-en, Dr No, dit-il d'une voix dure. Quel est le programme ? Couteau, balles, poison ou corde ? Mais faites vite, car je vous ai assez vu.

Les yeux du Dr No étaient froids comme l'acier et il ne souriait plus. Le masque de politesse était tombé. Il dit un mot aux deux gardiens, qui saisirent Bond et la jeune fille au-dessus des coudes, les maintenant assis de force.

— Je suis vraiment navré, Honeychile,
dit Bond. J'ai bien peur de ne pouvoir payer
le gage que je vous ai promis la nuit dernière.

— Cela va faire mal? demanda Honeychile, les lèvres tremblantes.

— Silence! hurla le Dr No, et assez de
sottises! Bien sûr que cela va faire mal, Mademoiselle. Je m'intéresse passionnément
aux limites de la résistance du corps humain. J'ai parfois l'occasion de faire des expériences sur ceux de mes gens qui ont besoin d'une petite leçon, et aussi sur les im-
prudents qui, comme vous, s'aventurent à
Crab Key. Vous m'avez, l'un et l'autre,
causé de grands ennuis. En échange, je
vous infligerai de grandes souffrances. C'est
équitable, je pense?... Vous serez observés
pendant toute la durée des expériences, on
notera vos réactions. Et un jour, je ferai part
au monde de mes travaux; ainsi, vos morts
auront servi à faire progresser la science.
Je ne gaspille jamais le matériel humain...
C'est ce que faisaient les Allemands pendant la guerre. Il y a un an, j'ai fait mourir une femme, comme vous allez mourir,
Mademoiselle. C'était une négresse. Elle a
tenu trois heures, et elle est morte de ter-

reur... Je suis ravi d'avoir enfin une blanche pour pouvoir comparer.

Il fixait sur Honeychile un œil impitoyable. Elle le regardait, à demi hypnotisée, comme un oiseau fasciné par un serpent.

Bond serra les dents.

— Vous êtes Jamaïquaine, reprit le Docteur No, et donc vous savez ce dont je parle. Cette île s'appelle Crab Key, tout naturellement, car elle est infestée de crabes. Ceux qu'on appelle, à la Jamaïque, les crabes noirs. Ils ne sont pas bien gros; une livre chacun, tout de même. A cette époque de l'année, ils sortent par milliers de leurs trous, près des rivages, et lentement, ils montent vers la colline. Rien ne les arrête. Ils passent partout. A la Jamaïque, ils traversent même les maisons. C'est exactement comme les Lemmings en Norvège. Ils vont déposer leurs œufs dans les hautes terres, rien ne saurait les en empêcher. Ils dévorent tout ce qu'ils trouvent sur leur chemin. Et déjà ils sont en route. Ils montent, par dizaines de milliers, en vagues oranges et noires; ils se bousculent au-dessus de nos têtes, pour arriver plus vite. Et cette nuit, au beau milieu de leur route, ils trouveront le corps nu d'une femme, attaché. Un festin de roi... Ils tâteront la chair chaude, avec leurs pinces. Le plus hardi fera la première blessure. Et ensuite...

Honeychile poussa un gémissement d'horreur. Sa tête tomba sur sa poitrine, elle était évanouie.

Bond voulut jaillir de sa chaise. Les énormes pattes du garde chinois le plaquèrent sur son siège. Il laissa échapper un flot d'imprécations bien senties, que n'aurait pas désavoué le docker le plus mal embouché, et, d'une voix vibrante, lança :

— Fils de pute ! Tu rôtiras en enfer, pour ce que tu as fait !

Le Dr No eut un mince sourire. Il dit une phrase en chinois. Un des gardes chargea la jeune fille inanimée sur son épaule, et disparut.

Il régnait dans la pièce un silence de mort. Bond ne pensait qu'au couteau dont la lame chauffait contre sa peau, et au briquet qu'il serrait sous son aisselle.

— Je vous disais, Monsieur Bond, que la résistance humaine est une chose qui me passionne. Mais comment la mesurer, comment mesurer l'instinct de conservation, l'endurance à la douleur, la résistance à la peur ? Je crois avoir résolu le problème. Et vous êtes le premier à inaugurer mon test... Je vous ai donné un sédatif, pour que votre corps soit en pleine forme, et je vous ai nourri pour parfaire votre condition. Mes futurs patients, dirai-je, jouiront des mêmes avantages. Au départ, ils seront tous égaux. Mais ensuite, ce sera une question de courage individuel et de faculté de résistance. J'ai construit, voyez-vous, une piste d'obstacles, pour cette course à la mort. Je ne vous en dirai pas davantage, car la surprise est un des éléments de la peur. Mais je puis vous annoncer, d'ores et déjà, qu'un lot varié de surprises vous attend. Il va être particulièrement intéressant, Monsieur Bond, de voir comment réagira un homme doué de qualités physiques telles que les vôtres... J'observerai votre performance avec passion, car je fonde de grands espoirs sur vous. Vous irez loin, j'en suis sûr. Mais vous finirez par trébucher, c'est inévitable. Alors on me rapportera votre corps et j'examinerai, je vous le jure, avec une attention scrupuleuse, l'état de vos restes... Vous êtes, j'espère, sensible à l'honneur que je vous fais, en vous laissant inaugurer une telle expérience.

Bond ne dit rien. Il se creusait la cervelle pour imaginer ce que pouvait bien être le test préparé par le Dr No. Serait-il possible d'y survivre, de s'échapper et de libérer Honey avant qu'il ne fût trop tard ?

Même si c'était pour la tuer afin de lui épargner la torture... La peur lui serrait la gorge. Il rassembla tout son courage, s'armant contre l'inconnu, se concentrant sur la seule volonté de survivre. Le Dr No se leva et lentement marcha vers la porte. Les petits trous noirs qui lui servaient d'yeux scrutaient le visage de Bond.

— Faites-moi un bon parcours, Monsieur Bond. Mes pensées, comme on dit, vous accompagnent.

Il fit demi-tour, et la porte se referma doucement sur lui.

XVII

Les portes de l'ascenseur, grandes ouvertes, attendaient James Bond. Toujours suivi de son ange gardien, on le poussa à l'intérieur. La salle à manger devait être vide maintenant, pensait-il. Combien de temps s'écoulerait-il avant qu'on s'aperçût, en débarrassant la table, de la disparition du couteau et du briquet?

Le liftier ferma les portes et appuya sur un bouton. Ils montaient. Bond essayait d'évaluer la distance. Avec un soupir, l'ascenseur s'arrêta. Le temps avait paru plutôt plus court à Bond que lorsqu'il était descendu avec Honeychile. Les portes s'ouvrirent sur un couloir nu, peint d'une morne couleur grise.

— Attends-moi, Joe, dit le garde au liftier. J'arrive tout de suite.

Le long du corridor, il y avait des portes qui portaient chacune une lettre de l'alphabet. On entendait le bourdonnement doux d'un moteur. Derrière une porte, Bond crut reconnaître le son d'un poste émetteur. Apparemment, il n'était pas loin de la salle des machines.

La dernière porte du couloir était marquée d'un « Q » noir. Le garde ouvrit, et poussa Bond dans une cellule peinte en gris, d'environ quatre mètres carrés. Il n'y avait rien qu'une chaise de bois, sur laquelle, fraîchement lavés et bien repassés, se trouvaient le blue-jean de Bond et sa chemise bleue.

Le garde lâcha Bond. Dans ses yeux, il y avait une lueur de curiosité et de plaisir. La main sur la poignée de la porte, l'homme dit :

— Eh ben voilà, mon gars, on y est !... Il te reste plus qu'à prendre le départ. A moins que tu ne préfères rester là. Débrouille-toi comme tu voudras.

— Qu'est-ce que tu penserais, dit Bond doucement, de dix mille dollars garantis et d'un billet pour le coin du monde de ton choix ?

— Merci, mon gars, je préfère rester vivant.

L'homme allait fermer la porte. Bond murmura d'une voix pressante :

— On pourrait s'échapper d'ici, toi et moi ?

— Et ta sœur ! ricana l'homme en claquant la porte.

Bond haussa les épaules. Il examina la porte et la serrure. La porte était en métal blindé, sans poignée à l'intérieur. Inutile de compter sortir par-là. Il s'assit et jeta un regard circulaire; les murs étaient entièrement nus. Il n'y avait, dans un coin, juste sous le plafond, qu'une grille de ventilation, en épais fil de fer. Elle était plus large que les épaules. De toute évidence, c'était par-là qu'il fallait sortir.

Au-dessus de la porte, une glace épaisse laissait filtrer la lumière du couloir. Il n'y avait rien d'autre dans la cellule. Il devait être environ dix heures et demie. Il n'y avait plus de temps à perdre. Quelque part sur la colline, Honeychile gisait déjà, tendre proie offerte. Bond grinça des dents et jaillit de sa chaise. Il fallait sortir de là. Quoi qu'il y ait de l'autre côté de la grille, il fallait y aller !

Il sortit son couteau et son briquet. Il ôta

le kimono, passa son pantalon et sa chemise, et mit le briquet dans sa poche revolver. Il essaya la lame du couteau sur son pouce : elle était bien aiguisée, mais peut-être pouvait-on faire mieux. Il s'accroupit sur le sol et commença à affuter la lame sur la pierre. Il y passa dix minutes, et si ce n'était pas encore un stylet, c'était tout de même de quoi couper proprement la gorge à quelqu'un. Il glissa le couteau entre ses dents et porta la chaise sous la grille. Il grimpa sur la chaise et se hissa jusqu'à la grille.

Une douleur fulgurante dans le bras. Bond tomba à la renverse et sa tête heurta la pierre avec un bruit mat. Il resta étendu, sonné, avec seulement le souvenir d'un éclair bleu et du crépitement de l'électricité lorsqu'il avait touché la grille.

Il réussit à se mettre sur les genoux. Il secouait la tête mécaniquement, comme un animal blessé. Dans l'air flottait une odeur de chair brûlée. Il regarda sa main droite. Une brûlure ouverte traçait un sillon rouge à l'intérieur des doigts. En les voyant, il eut mal. Il serra les dents et se releva. Il redressa la chaise et la poussa contre le mur. Puis il prit son couteau, déchira un morceau du kimono de soie et l'attacha autour de sa main. Alors il grimpa sur la chaise et regarda la grille.

Il fallait sortir par-là. La décharge électrique n'était certainement qu'un avant-goût de ce qui l'attendait; simplement pour le refroidir un peu... Son instinct lui disait que, maintenant, ils avaient probablement coupé le courant. Précautionneusement, du bout des doigts, il toucha la grille. Rien. Rien ne se passa. Ses nerfs se détendirent. Il s'agrippa à la grille et tira. De toutes ses forces, il s'arcbouta et réussit à arracher deux fils de cuivre qui sortaient du mur. Les fils à la main, il redescendit et reprit son souffle. Les fils eux aussi pourraient être utiles. Il mit un bon bout de temps à les détordre, en se servant de la chaise comme d'un marteau. Finalement, il obtint une longue tige assez rigide, d'un mètre environ. Une des extrémités avait été coupée à la pince; il réussit à la tordre contre la porte métallique, jusqu'à en faire un crochet grossier. Alors il mesura la tige contre sa jambe : elle était trop longue. Il la plia en deux et la glissa dans une des jambes de son pantalon, jusqu'à la ceinture. C'était parfait, elle s'arrêtait juste au-dessus du genou. « On ne sait jamais, pensa-t-il, ivre de fu-

reur, c'est peut-être avec ça que j'étrangle-
rai le Dr No ! »

Une fois encore il monta sur la chaise et,
sans hésitation, arracha le ventilateur. Toujours pas de courant. Il se glissa par l'ouverture. Le conduit n'avait que quelques centimètres de plus que les épaules. Il était
rond et d'un métal poli. A plat ventre, Bond
tâtonna pour trouver le briquet, en bénissant
l'inspiration qu'il avait eue de le voler. A la
lueur de la flamme, il vit que le conduit était
entièrement en zinc et avait l'air tout neuf.
Il s'enfonçait tout droit. Bond éteignit le briquet et commença à ramper. C'était facile.
L'air était frais et dispensé en abondance
par le système de ventilation. Bond ne sentait pas l'odeur de la mer. Au bout du tunnel
brillait une faible lueur. Bond s'approcha
avec précaution, tous les sens aux aguets. La
lueur devint lumière. Le conduit s'arrêtait
là, prolongé par une cheminée verticale. Bond
roula sur le dos. Droit au-dessus de lui, à
moins de cinquante mètres, une lumière
brillait : il avait l'impression de regarder par
le canon d'un fusil. Il allait falloir monter
par ce tube de métal, glissant, sans aucune
prise. Etait-ce possible ? Bond tendit les
épaules. Oui, elles pourraient s'agripper aux
côtés. Mais, pour les pieds, c'était une autre

histoire. Ils glisseraient. Sauf aux endroits où les joints formaient une légère aspérité. Bond quitta ses chaussures. Il fallait s'y mettre. Il commença sa pénible reptation, contractant et détendant alternativement les épaules. C'était interminable. Il s'octroyait une pause pour respirer chaque fois que ses pieds rencontraient un joint. Surtout, il ne fallait pas regarder en l'air; il ne fallait pas essayer de savoir combien de centimètres de métal il avait péniblement grignoté et combien de mètres il lui restait à franchir. Il ne fallait pas essayer de savoir si la lumière se rapprochait, si elle devenait plus brillante... Il ne fallait pas lâcher prise, et retomber ainsi au fond du conduit; il ne fallait pas penser à la crampe qui venait, aux muscles douloureux, aux épaules meurtries, à la main brûlée et aux pieds moites...

Il fallait monter, inlassablement, sans penser. Les pieds de Bond ruisselaient de sueur; deux fois, il perdit du terrain et glissa. Il prit le parti de s'arrêter, en prenant légèrement appui sur un joint, et resta là, dix minutes, pour sécher sa transpiration. Il percevait vaguement le reflet de son visage sur le métal poli du couteau qu'il tenait entre les dents. Il ne céda pas à la tentation de regarder en l'air, pour voir le chemin qui lui restait à parcourir. Soigneusement, il essuya chaque pied contre une jambe de pantalon. Et il reprit l'horrible ascension.

Sa tête heurta quelque chose. La surprise faillit lui faire lâcher prise. Alors il comprit qu'il était en haut. Alors seulement il remarqua combien la lumière était vive, et il sentit un vent violent. Le vent venait du côté de son oreille gauche. Avec précaution, il tourna la tête. Il y avait un autre conduit latéral. Au-dessus de Bond, la lumière électrique lui parvenait à travers un épais hublot.

Avec d'infinies précautions, il entreprit de se glisser dans le nouveau conduit. Son cœur battait à se rompre, affolé à l'idée d'une fausse manœuvre qui lui ferait perdre le terrain si péniblement conquis.

Plus tard, — il avait entièrement perdu la notion du temps — il ouvrit les yeux, et roula sur le dos. Il comprit qu'il avait dormi et que le froid venait de le tirer de l'inconscience où son corps avait sombré. Ses pieds et ses épaules le faisaient cruellement souffrir. Il s'aperçut qu'on l'observait par un hublot : il vit deux yeux et un gros nez jaune... Les yeux le regardaient sans curiosité, avec une attention professionnelle. Bond jura entre ses dents. Ainsi, on observait sa progression, pour en rendre compte au cher Docteur No !

— Allez tous vous faire foutre ! hurla-t-il.

Les yeux disparurent. Bond leva la tête et regarda devant lui. Le tunnel était tout noir. Allons, il fallait continuer !

Les ténèbres se faisaient plus épaisses. De temps en temps, il s'arrêtait et allumait le briquet. Mais il n'y avait rien devant lui, que du noir, du noir encore. L'air devint tiède, puis chaud, puis brûlant. Une odeur de métal chauffé prenait à la gorge. Bond commença à transpirer. Bientôt, tout son corps fut trempé, et il fut obligé de s'arrêter toutes les cinq minutes, pour s'essuyer les yeux. Le tunnel tournait vers la droite. L'air devenait irrespirable. De nouveau, un coude à droite. Il alluma son briquet et comprit ce qui l'attendait. Maintenant, il allait griller...

Bond gémit à voix haute. Comment sa chair meurtrie supporterait-elle l'épreuve, comment protéger sa peau du métal brûlant ? Il n'y avait rien à faire. Ou plutôt si : il pouvait retourner en arrière, ou bien rester où il était. Mais non, il fallait continuer ! Il n'avait qu'une faible consolation : la chaleur, il en était sûr, ne le tuerait pas; elle brûlerait sa chair. Il sentait bien qu'il n'en avait pas fini, qu'il n'avait pas encore touché le fond de l'abîme, qu'il faudrait bien qu'il supportât cela aussi...

Il eut une pensée pour Honey, et la chassa aussitôt. Ne pas penser, ne pas s'attendrir. Ni sur lui, ni sur elle. Il prit son couteau et commença à déchirer sa chemise en bandes pour protéger les parties de sa peau qui allaient être en contact avec le métal. Les mains et les pieds. Les genoux seraient légèrement garantis par le pantalon, et les coudes par les manches de la chemise. Il était prêt. Un, deux, trois, partez...

Il tourna le coin et entra dans la fournaise. Il ne fallait pas que son estomac nu touchât le sol. Rentrer les épaules ! Mains, genoux, orteils, mains, genoux, orteils, vite, plus vite... Continue, dépêche-toi...

Le pire, c'étaient les genoux, parce que le poids du corps de Bond reposait sur eux. Les chiffons, autour des mains, commençaient à brûler. Il y eut une étincelle, une autre encore, puis une traînée de feu. La fumée le faisait pleurer; il n'y avait pas d'air. Mon Dieu, il n'irait pas plus loin, il n'en pouvait plus ! Il avait l'impression que ses poumons allaient éclater; ses mains étaient maintenant à nu, à peine protégées par quelques lambeaux de chiffons brûlés. La chair de ses mains allait brûler aussi. Il avançait comme un aveugle; son épaule meurtrie heurta la paroi de métal. Il hurla.

Il continua à hurler régulièrement, chaque fois que sa main, son genou ou son épaule touchait les plaques brûlantes. Il n'en pouvait plus. C'était vraiment la fin. Il allait se coucher et se laisser rôtir lentement, jusqu'à la mort...

Non ! Il fallait continuer, hurler encore, même si sa chair devait brûler jusqu'à l'os. Ses genoux étaient deux plaies, et seule la sueur qui coulait le long de ses bras empêchait les derniers morceaux de tissu de prendre feu. Hurler, hurler, hurler, hurler, pour savoir qu'on est vivant. Avancer à tout prix. « Cela ne peut plus être long, maintenant. Ce n'est pas ici que tu mourras... N'abandonne pas. Il le faut. »

Soudain, la main droite de Bond rencontra une bouffée d'air glacé. Son autre main suivit, puis sa tête. Devant lui se dressait un mur. Aveuglément, ses mains tâtonnaient contre le mur, à gauche et à droite. Il sentit un coude à angle droit. Sans hésiter, il s'y engagea. L'air frais transperçait ses poumons comme un poignard; du bout des doigts, il tâta le métal. Il était froid. Avec un grognement, Bond tomba face contre terre, et resta là, inerte.

La douleur le réveilla. Il se mit sur le dos. Il crut remarquer au-dessus de lui, un hublot illuminé, et il lui sembla voir des yeux qui l'observaient. Puis, une fois encore, il sombra.

Lentement, dans le noir, Bond récupérait. Ses genoux, ses mains, ses pieds en sang, ses épaules meurtries, lui causaient une douleur intolérable. Il lui semblait que des aiguilles lui transperçaient la chair, et la morsure de l'air frais dans ses poumons surchauffés lui ravageait la poitrine. Mais son cœur battait, fortement et régulièrement, sous l'enveloppe torturée. Lentement, l'oxygène lui rendait la vie, faisant circuler le sang dans ses veines et dans ses artères, rechargeant ses nerfs.

Un siècle après, Bond s'éveilla vraiment. Il se souleva et ses yeux rencontrèrent une autre paire d'yeux derrière la vitre. Le regard raviva sa douleur. Il était comme un rat pris au piège. Pour échapper à ce témoin impitoyable, pour échapper à la honte, à l'horreur et à la rage, il se tourna sur le ventre et enfouit sa tête dans ses mains.

Il se calma et commença à explorer son corps avec un intérêt presque détaché. Serait-il capable d'en supporter encore beaucoup plus? Dans le noir, ses lèvres s'écartèrent et il poussa un grognement. Cela rendit un son animal. Il était au bout de ses réactions humaines, à la souffrance et au malheur. Cette fois, le Dr No l'avait bel et bien acculé, dos au mur. Mais il avait encore en lui des réserves animales, des réserves de désespoir. Et dans un animal fort, elles sont profondes.

Lentement, Bond rampa quelques mètres, pour échapper aux yeux noirs et brillants qui le regardaient toujours. Il prit son briquet, l'alluma. Devant lui bâillait toujours la bouche sombre du tunnel. Il éteignit, respira profondément et se remit sur les genoux. La douleur n'était pas plus forte, non, mais différente. Il se remit en route. Ses genoux et ses coudes étaient des plaies cuisantes. « C'est supportable, se répétait-il, pour s'encourager. Si j'avais eu un accident d'avion, quel diagnostic ferait-on? Contusions superficielles et brûlures... Ce n'est rien. Quelques jours d'hôpital. Je suis le seul survivant de l'accident. J'ai mal, mais ce n'est rien. Pense aux autres et remercie le ciel. »

Loin devant, dans la nuit, de minuscules petits points rouges dansaient devant ses yeux. Hallucination, fatigue?... Il s'arrêta et longuement se frotta les yeux. Il remua la tête en tous sens. Les points rouges étaient toujours là. Il se remit à avancer. Maintenant, les points rouges bougeaient. Il écouta. Il percevait un bruissement doux. Les points rouges se faisaient plus nombreux. Il y en avait plus de trente. De nouveau, il alluma son briquet : devant la flamme jaune, les points rouges s'enfuirent. Mais, à un mètre de Bond, il y avait un filet, une fine grille métallique, qui bloquait le tunnel. Derrière, c'était une sorte de cage où vivaient les points rouges. Des serpents ? Des scorpions ? Des scolopendres ?...

Tout doucement, sans faire de bruit, Bond s'approcha du grillage jusqu'à le toucher, et là, brusquement, il alluma son briquet. Il eut le temps de voir une forêt de pattes grêles, des petits corps velus, surmontés de grosses têtes d'insectes, entièrement mangées par les yeux. La forêt brune s'enfuit en désordre tout au fond de la cage. Bond examina le grillage, un gémissement lui échappa. Il n'y avait pas d'issue; il fallait déchirer le grillage ou rester là; et derrière le grillage l'attendaient vingt tarentules géantes, toutes griffes dehors.

« Voyons, se dit-il, leur piqûre est-elle mortelle ? Certainement, elles sont capables

de tuer les animaux. Mais un homme?... »
Bond frissonna. Il se rappelait le scolopendre
sur sa peau nue. Le contact des tarentules
serait certainement plus doux... Ce serait
comme de minuscules petits ours bruns, jusqu'à ce qu'elles piquent et qu'elles vident
dans son sang leur sac de poison.

Une fois encore, il se demanda s'il était
au bout du tunnel, si c'était cette mort-là
que le Dr No avait choisie pour lui. Mais le
Dr No avait compté sans le briquet, sans le
couteau et sans le fil de cuivre. Bond décida
qu'il devait s'en tirer; il fallait seulement
que ses nerfs ne craquent pas et qu'il agisse
avec d'infinies précautions. Doucement, il
tira sur la mèche du briquet, pour avoir une
flamme plus grande. Il l'alluma et, pendant
que les tarentules sautaient en arrière, il
perça le fin grillage avec son couteau, pra-
tiquant une large ouverture. Puis il remit
son couteau entre les dents et se glissa à l'intérieur...

Les tarentules reculèrent devant la
flamme, sautant les unes par-dessus les autres en désordre. Bond tira de la jambe de
son pantalon le fil de cuivre et, sauvagement,
commença à frapper dans le tas. Quelques-
unes des affreuses bêtes essayèrent de
s'échapper vers lui, mais, terrorisées par le

feu, elles s'arrêtaient, fascinées. Et une par une il les tua.

Maintenant les dernières tarentules vivantes attaquaient les mortes et les blessées, et tout ce que Bond avait à faire, c'était de fouetter inlassablement l'atroce masse de fourrure et de sang. Il y eut encore quelques mouvements convulsifs, puis tout cessa. Il fallait prendre le risque et traverser les corps en bouillie. La flamme du briquet était de plus en plus faible. Résolument, Bond taversa la cage, arracha fébrilement le grillage... Enfin, il était passé ! Il se traîna sur quelques mètres et s'abandonna, pour calmer sa respiration et ses nerfs à vif. Au-dessus de lui, une grosse lumière s'alluma. Bond savait ce qui l'attendait. Les yeux jaunes, derrière le verre épais, le regardaient d'un air moqueur. Très lentement, l'observateur secoua la tête. Il y avait, dans son regard, une sorte de pitié ironique; il fit un signe d'adieu derrière la glace et la lumière s'éteignit.

Bond colla son front au métal froid. Le geste qu'il venait de voir indiquait clairement qu'il arrivait au dernier obstacle, que les observateurs en avaient fini avec lui et qu'ils ne le reverraient plus vivant.

Il fut ridiculement sensible au fait que

l'homme, derrière sa glace, n'avait même pas eu un geste de félicitation, si léger fût-il, pour celui qui avait pu survivre si longtemps. Ces Chinois le haïssaient de tout leur cœur et souhaitaient le voir périr de la mort la plus atroce.

Bond pensa à Honeychile. Il releva la tête et le souvenir de la jeune fille lui rendit quelque force. Il remit ses armes à leur place et, péniblement, continua. Le tunnel se mit à descendre doucement. Cela rendait la progression plus facile. La pente devint plus forte. Bond pouvait presque se laisser glisser, entraîné par le seul poids de son corps. C'était merveilleux, de ne plus avoir à faire d'effort, de laisser reposer ses muscles brisés. Il apercevait au loin une lueur grise. Les ténèbres étaient moins épaisses; et la qualité de l'air, elle aussi, changeait. Oui, c'était cela, l'odeur de la mer !

Tout à coup, Bond comprit qu'il glissait à toute allure, le long du boyau. Il tendit les épaules et écarta les pieds, pour ralentir sa course. Il se fit horriblement mal, et son maladroit freinage n'eut que peu d'effet. Maintenant le tunnel s'élargissait. Il n'y avait même plus moyen de s'agripper. Bond allait de plus en plus vite. Juste devant lui, il y avait un coude, et un coude qui s'infléchissait vers le bas.

Il crut que son corps explosait. Il rebondit au tournant et continua à plonger, la tête la première. Le métal lui écorchait la peau. Désespérément, il tendait les bras et les jambes, pour essayer de se retenir à quelque chose. Le long du canon noir d'un fusil sans fin, il plongeait toujours, incapable de s'arrêter, incapable de contrôler sa vitesse.

Beaucoup plus bas, il apercevait un cercle de lumière grise, qui pouvait être aussi bien l'air libre que la mer. La lumière se rapprochait à une vitesse stupéfiante. Il tombait toujours comme une pierre, rassemblant ses dernières forces pour emmagasiner de l'air dans ses poumons, pour rester en vie.

XVIII

Tête en avant, le corps de Bond fut soudain éjecté du tunnel. Il tournoya dans l'air et creva la sombre surface de la mer, comme une bombe.

Avant de sortir du tunnel, il avait eu le réflexe d'ôter le couteau d'entre ses dents et de prendre la position du plongeur, bras étirés devant lui, tête rentrée, corps rigide. Avant de crever l'eau, à la dernière fraction de seconde, il prit une inspiration profonde. Il réussit ainsi à heurter l'eau dans un semblant de plongeon, à plus de soixante à l'heure. La violence du choc lui fit perdre conscience. Après un plongeon de plus de sept mètres, lentement son corps remonta à la surface. Les bras et les jambes battirent l'eau, maladroitement. La tête émergea, crachant l'eau par la bouche ouverte. L'instinct de Bond se réveilla, lui ordonnant de surnager, de faire la planche. Il toussait horriblement. Les mouvements se coordonnèrent, les jambes commencèrent à battre l'eau mécaniquement, et à travers un voile de sang, ses yeux aperçurent la lumière.

Tout à coup, son pantalon fut accroché par un fil de fer barbelé. Il resta ainsi, pendu, pendant un long moment; de temps en temps une violente nausée le secouait. Enfin il se sentit assez fort pour tourner la tête et pour regarder où il était.

Devant lui, autour de lui, au-dessus de lui, un câble de mailles épaisses le séparait de la pleine mer. Derrière lui, il apercevait l'ombre de la haute falaise qui domine Crab Key. Il était dans une cage étroite et profonde; et autour de lui les câbles disparaissaient sous l'eau.

De petits poissons grouillaient près de lui, le long de ses jambes; ils avaient l'air de manger. Ils venaient jusqu'à lui, en rangs serrés, repartaient, revenaient encore.

Et soudain Bond comprit qu'ils buvaient son sang.

Il frissonna d'horreur. Oui, le sang s'échappait de son corps, par ses épaules lacérées, par ses genoux et par ses pieds déchirés ! Pour la première fois, il eut conscience de la morsure de l'eau de mer sur ses brûlures et sur ses plaies. La douleur le fit revenir complètement à lui, rendant à son esprit une extraordinaire lucidité. A quoi pouvait bien servir l'épais grillage qui l'entourait ? Etait-il là pour empêcher les poissons d'entrer ? Ou de sortir, peut-être ?... Si même les petits poissons buvaient son sang, que ferait un requin ou des barracudas ?... Mais, si cela était, comment Bond était-il encore en vie ?

Il repoussa ces pensées. La première chose à faire était de grimper le long du grillage et d'essayer de passer de l'autre côté.

L'endroit baignait dans une ombre grise et épaisse, projetée par la falaise; mais au loin, sur la mer, un reflet irrisé annonça que, pour le reste du monde, le jour se levait. Dans l'aquarium régnait une nuit sinistre.

Il ne restait plus grand-chose de Bond. Ses réserves étaient épuisées... Le dernier plongeon dans le tunnel, la violence du choc quand il avait troué l'eau, la demi-noyade, l'avaient vidé comme une éponge. Il était sur le point de se rendre, sur le point de se laisser glisser au fond. Comme ce serait bon, de s'abandonner, de renoncer, de laisser la mer se refermer tendrement sur lui !...

Ce fut le grouillement nerveux des petits poissons, leur affolement subit, qui tirèrent Bond de son rêve de mort.

Plus bas, loin sous la surface, quelque chose bougeait. Quelque chose montait lentement à la surface, le long du grillage.

Le corps de Bond se raidit. Le choc électrique du danger lui insuffla la vie, une fois encore. Il desserra ses doigts, crispés — depuis une éternité, lui semblait-il — sur le couteau. Il se dégourdit les phalanges, et reprit le manche de l'arme, bien en main.

Il tira de la jambe de son pantalon le fil de fer, secoua la tête. Il attendit, regardant de tous ses yeux.

Sous lui, l'eau moutonna. Quelque chose d'énorme montait des profondeurs. Un tentacule en jaillit, épais comme le bras de Bond, et surmonté d'un ovale étroit, muni de ventouses. Le long bras fouilla l'eau, à l'endroit même où, un instant plus tôt, se pressaient les poissons. Est-ce qu'il...

Comme pour répondre à Bond, deux yeux

aussi gros que des ballons de football, lentement, trouèrent la surface. Ils s'arrêtèrent à quelques mètres de l'homme, braqués sur lui.

Bond frémit des pieds à la tête. C'était donc la dernière surprise que le Dr No lui avait réservée !... Le bout de la route !

Hypnotisé, il ne pouvait détacher son regard des deux flaques jaunes. Il avait devant lui la pieuvre géante, l'animal mythique, qui est capable de faire sombrer les bateaux; le monstre de quinze mètres qui se bat avec les baleines. Une douzaine de tentacules; entre les yeux, un énorme bec crochu... Bond savait que le cerveau des pieuvres est extrêmement astucieux, et qu'elles combattent avec une intelligence presque humaine. La bête se rapprochait. Bond apercevait maintenant la forêt de tentacules qui ondulaient mollement, comme un nid de gros serpents. Il voyait les ventouses aspirer l'eau.

Lentement, Bond amarra ses pieds, puis ses bras, les enroulant dans le fil de fer, s'ancrant lui-même, de manière telle que les tentacules ne pussent l'aspirer. Il faudrait que la bête, pour s'emparer de lui, l'arrachât à sa prison de fer.

Il resta complètement immobile, priant le

ciel pour que la pieuvre se désintéressât de lui. Sinon...

Résolument, les doigts de Bond se serrèrent sur le couteau.

Les yeux jaunes l'examinaient froidement, patiemment. Délicatement, comme la trompe d'un éléphant, un des longs tentacules creva la surface et effleura un des pieds de Bond. Celui-ci supporta sans bouger la terrible succion. Puis le tentacule remonta lentement le long de la jambe et s'arrêta sur le genou sanglant.

Bond se mordit les lèvres, réprimant un hurlement. Il imaginait le message que le membre épais émettait vers le cerveau : « Oui, c'est bon à manger ! » Et le cerveau répondait : « Attrape. »

Une brise fraîche, la première brise de l'aube, faisait frissonner doucement la surface bleutée, soulevant des vaguelettes qui allaient mourir sur les parois de la falaise. Un vol de cormorans raya l'air, et Bond entendit le bruit qui les avait dérangés : le hurlement d'une sirène de bateau, tout proche, à gauche. La jetée devait être toute proche, derrière la falaise.

Soudain un second tentacule troua l'eau, droit vers le visage. C'était maintenant ou jamais. La main de Bond se serra sur le couteau et, sauvagement, planta la lame, de toutes ses forces, dans la chair répugnante. Le bras blessé retomba dans l'eau. Pendant quelques instants, la mer bouillonna autour de Bond. Un autre tentacule vint s'agripper à son estomac, suçant furieusement, déchirant la chair, l'aspirant...

Comme un fou, Bond sabra de nouveau, frappant aveuglément. Tout le grillage vibrait de l'effroyable combat. L'eau était secouée par une véritable tempête. La tête de la pieuvre reparut, entourée d'écume. Les yeux regardaient Bond avec une expression sauvage. Le fil de fer s'enfonçait dans les aisselles de Bond. S'il ne lâchait pas prise, il allait être écartelé, mis en pièces. Les yeux et le grand bec triangulaire arrivaient à ses pieds... Il n'y avait plus qu'un seul espoir.

Bond remit son couteau entre ses dents, sortit la tige de fer, et planta furieusement le crochet dans un des yeux du monstre. La mer tout entière explosa. Tout devint noir... Que se passait-il? Bond était-il devenu aveugle? Il ne voyait plus rien... Ses yeux le brûlaient et il avait un affreux goût de poisson dans la bouche. Mais il sentait toujours le fil de fer derrière ses genoux. Il n'était pas mort.

Il se hissa le long du barbelé, et passa la main devant ses yeux. Maintenant il voyait. Il regarda sa main : elle était noire et gluante. Tout son corps semblait couvert de goudron. La pieuvre blessée avait vidé sur lui son sac d'encre. Mais qu'était-elle devenue ?

Le regard de Bond fouilla la mer. Il n'y avait rien. Plus un mouvement. Pas une vague. « Il ne faut pas attendre, se dit-il. S'échapper, s'échapper, vite. » Son regard allait de gauche à droite. A gauche, c'était le bateau, mais c'était aussi le Dr No. Mais à droite il n'y avait rien. Pour construire le grillage, les hommes avaient dû venir de la gauche et de la jetée. Il devait y avoir un sentier, un moyen de passer.

Bond se hissa jusqu'au dernier câble, s'y accrocha. Une quinzaine de mètres le séparait encore du rocher, dans lequel le filin était amarré. Il fallait les franchir. Bond ne savait même plus pourquoi il s'obstinait, pourquoi il ne lâchait pas le câble. Mètre par mètre, il grignotait le terrain. Il ne pensait plus à ses mains sanglantes, à sa chair à vif, il avançait toujours. Il toucha le rocher. Alors le pantin désarticulé redevint un homme lucide. Avant tout, se laver, se débarrasser de l'horrible encre gluante, du sang et de l'écœurante odeur de poisson !

Malgré son épuisement, il ôta ses haillons et se lava, évitant de regarder son corps, pour ne pas perdre tout courage.

Quelques minutes plus tard, il franchissait le cap. Oui, c'était bien ce qu'il avait pensé. Un étroit chemin rocheux zigzaguait, contournant la falaise. Tout près, l'air vibrait de bruits variés. Bond entendait le moteur d'une grue, des martèlements métalliques, des rumeurs de bateaux, et le bruit de l'eau rejetée par une pompe de cale.

Le ciel était d'un bleu très pâle, parsemé de petits nuages d'un rose doré. Très haut, les cormorans décrivaient des cercles autour de la *guanera*. Il devait être environ six heures du matin. L'aube d'une belle journée...

L'homme marchait, laissant derrière lui des gouttes de sang. Les bruits s'amplifiaient. Bond posait les pieds avec précaution, attentif à ne pas faire rouler de pierres. Toute proche, une voix cria :

— Paré à partir !

La réponse, lointaine, arriva :

— O. K. !

Le moteur de la grue accéléra. Encore quelques mètres... Encore un rocher... Ça y était !

Bond s'aplatit contre le rocher. Il allait enfin savoir ce qui se passait de l'autre côté.

Prudemment, il passa la tête.

XIX

D'un seul regard, Bond embrassa la scène. Il se rejeta en arrière, s'appuya au rocher et attendit que sa respiration fût redevenue normale. Pensivement, il prit son couteau, en examina la lame. Apparemment satisfait, il glissa l'arme dans sa ceinture. Quant au briquet, il était toujours là, mais il n'allumerait plus rien. Bond le jeta.

Il s'assit et se remémora ce qu'il venait de voir.

A moins de dix mètres, il y avait une grue. La cabine de la grue n'avait pas de fond; à l'intérieur, un homme était assis devant des manettes. Bond avait reconnu le conducteur du « Dragon », l'assassin de

Quarrel. Devant lui, il y avait vingt mètres de jetée, terminée par un T. Un vieux pétrolier était rangé à l'extrémité, le pont à environ quatre mètres au-dessus du quai. Le bateau s'appelait *Blanche* et il venait d'Anvers.

A bord, il n'y avait aucun mouvement. Seule, une silhouette immobile se tenait à la barre. Le reste de l'équipage devait être descendu à terre.

A côté du pétrolier, un gros camion transporteur plein de guano.

Et plus loin à gauche, sur la jetée, la mince silhouette attentive du Dr No...

Voilà, c'était tout. La brise du matin était encore fraîche. Le moteur de la grue ronronnait régulièrement. La grue déchargeait le guano dans le bateau. Et à quelques mètres, le Dr No, paisible, surveillait le chargement.

De l'autre côté de la colline, des hommes devaient travailler.

Bond, assis, mesurait mentalement les distances, se rappelant exactement où étaient posés les mains et les pieds du conducteur de la grue. Lentement, un sourire mince et dur éclaira son visage hagard et brûlé par le soleil. Oui ! Ce devait être pos-

sible. Mais doucement, gentiment, sans pré-
cipitation !...

Il examina la paume de ses mains. Il faudrait bien qu'elles servent ! Il tâta le couteau, à son côté, se leva, respira plusieurs
fois profondément et fit bouger ses doigts.
Il était prêt.

De nouveau, il s'aventura à jeter un coup
d'œil de l'autre côté. Rien n'avait changé.
Son estimation des distances était juste. Le
conducteur de la grue était attentif, absorbé
dans son travail. Son cou, au-dessus de la
chemise kaki, était nu, offert.

A quinze mètres de là, le Dr No, le dos
tourné à Bond, regardait vers le pain de sucre de la *guanera*. Sur le pont, le marin
alluma une cigarette...

Bond parcourut du regard les dix mètres
de sentier qu'il allait devoir parcourir pour
arriver jusqu'à la grue. Il repéra les marques où il lui faudrait poser les pieds. Puis
il sortit de derrière le rocher et se mit à
courir sans bruit. Il se dirigeait vers le côté
droit de la grue, endroit qu'il avait choisi
parce que le flanc de la cabine le dissimule-
rait aux regards du conducteur et à ceux du
Dr No. Il y parvint, s'arrêta, s'accroupit,
écoutant.

Le bruit du moteur était toujours aussi

régulier. Les deux marches de fer, à l'arrière de la cabine, avaient l'air solides.

Le bruit du moteur étoufferait les faibles bruits, mais il faudrait faire vite, pour tirer le corps du conducteur du siège et pour prendre sa place. Un seul coup de couteau : il fallait que ce fût un coup mortel.

Une seconde encore, Bond écouta. Puis il saisit son couteau et se rua sur les marches de fer, à l'intérieur de la cabine, avec l'agilité d'une panthère.

Le visage du conducteur se tourna à demi vers lui. Il lui sembla que l'homme le reconnaissait.

— De la part de Quarrel ! grinça Bond.

Un bruit étranglé sortit de la bouche ouverte. Et le grand corps roula sur le côté et s'écrasa sur le plancher de la cabine.

Bond ne prit même pas la peine de le suivre du regard. Il était déjà assis sur le siège, cherchant les pédales et les leviers. Le moteur était au point mort.

Le bras de la grue s'inclinait lentement, comme un cou de girafe, vidant sa charge dans la cale du bateau. Le Dr No levait la tête; sa bouche était ouverte. Peut-être criait-il quelque chose.

Froidement, Bond s'arcbouta au volant de fer, et commença de manœuvrer doucement.

La grue vira légèrement vers la droite. Elle répondait.

Les yeux de Bond revinrent à la jetée. Le Dr No avait bougé. Il tenait à la main un téléphone. Bond voyait sa main agiter frénétiquement le récepteur, comme pour essayer d'attirer l'attention.

Bon Dieu, ce volant ne pouvait-il pas tourner plus vite !... Quelques secondes, et il serait trop tard. Quelques secondes, et le Dr No s'échapperait à jamais !

Lentement, la grue tourna sur elle-même. Cinq mètres, quatre mètres, trois mètres, deux mètres... « Ne te retourne pas, espèce de salaud ! » Arrêter le volant, tirer sur la manette. A la vôtre, Docteur No !

No eut juste le temps de voir arriver sur lui une énorme masse de guano. Il leva les mains, ouvrit la bouche... Il n'y avait plus, sur la jetée, qu'un tas de guano jaune, qui croissait de seconde en seconde...

Quelle avait pu être la dernière pensée du Dr No, avant d'étouffer sous la boue immonde ?... Une pensée de rage, d'horreur ou de défaite ?

Impitoyable, Bond se dit que cette tombe jaune et puante lui siérait au teint, et qu'il ne l'avait pas volée.

Il tourna la tête vers le bateau. A ce moment, il y eut trois hurlements brefs de sirène. Le bruit se répercuta dans les rochers. Puis vint un quatrième hurlement, qui ne s'arrêta plus. Bond imaginait la sentinelle s'agitant sur le pont, donnant l'alarme. Il fallait déguerpir...

Il se pencha sur le corps du conducteur mort et lui prit son revolver. Un Smith and Wesson 38, qu'il glissa dans sa ceinture. Puis il sauta sur le sol.

Il aperçut un large tuyau, d'environ un mètre quatre-vingts de diamètre, qui sortait de la paroi rocheuse et courait presque jusqu'au flanc du pétrolier. Ce devait être un aducteur de guano supplémentaire. Sans hésiter, il s'y engouffra. L'odeur de guano prenait à la gorge. Quelle pouvait être la profondeur du tunnel ? Cent mètres ?... Deux cents mètres ?... Il aboutissait certainement aux huttes voisines du pain de sucre. Tout ce que Bond pouvait espérer, surgissant au bout, était de créer la panique en tirant dans le tas, de faire prisonnier l'un des hommes, pour l'obliger à lui dire où était Honeychile. Et après ?... Il irait dans la colline, et qu'y trouverait-il ?

Bond courait, tête baissée. Tout à coup, il heurta un corps et sentit des mains lui serrer la gorge. Il était trop tard pour tirer.

Il s'agrippa aux jambes. Elles cédèrent, et il y eut un cri aigu, tandis que le corps tombait sur le sol. Non, ce n'était pas possible ! Il devenait fou, ce ne pouvait pas être elle !...

Des dents aiguës se plantèrent dans son mollet et un coude s'enfonça violemment dans son bas-ventre. Il plia sous la douleur et cria : « Honey ! » avant de recevoir un nouveau coup.

— Arrêtez, Honey, c'est moi !

— James !

Il la serra dans ses bras, de toutes ses forces.

— Oh Honey, Honey, vous n'avez pas de mal ?

— Non, James, oh non !

Il sentait ses mains, dans son dos, sur ses cheveux.

— James, mon chéri, dit-elle en sanglotant...

— Tout va bien, Honey, dit Bond en lui caressant les cheveux. Le Dr No est mort. Mais il faut partir d'ici. Il faut en sortir. Venez... Mais comment êtes-vous ici ?

Bond releva la jeune fille. Elle portait un bleu de chauffe sale, dont les manches et les jambes étaient roulées. Elle avait l'air d'une fille en pyjama d'homme.

— Par ici, dit-elle. Il y a un tunnel qui mène à la salle des machines et au garage. Vous croyez qu'ils vont nous attraper ?

Ce n'était pas le moment d'épiloguer.

— Vite, suivez-moi ! dit Bond d'une voix pressante.

Et il se mit à courir. Ils s'engouffrèrent dans le tunnel latéral. Au loin il entendait des voix. Il fit signe à Honey de le rejoindre.

— Je suis désolé, chuchota-t-il, il va falloir que je les tue.

— Bien sûr, dit Honey le plus naturellement du monde. Et elle lui pressa la main.

Bond vérifia son revolver. Six balles.

Les voix se rapprochaient. Trois hommes parlaient nerveusement, à voix haute.

— Ça fait dix sacs que tu me dois, Sam, disait l'un.

Bond entendait le raclement de leurs chaussures sur le sol.

— Attends ce soir, disait le second. On les jouera aux dés.

— Pas de dés pour moi ce soir, mon gars ! Ce soir, je me farcis une fille.

— Ah ah !

Les trois hommes portaient leur revolver mollement, dans la main droite.

Bond gronda :

— Ce soir ?... Ça m'étonnerait !

Les trois hommes se retournèrent. Bond atteignit le premier à la tête et le second à l'estomac. Une balle siffla à ses oreilles et se perdit dans le tunnel. Le revolver de Bond cracha. Le troisième homme porta ses mains à son cou et tomba à la renverse.

L'homme à l'estomac troué se tordait sur le sol. Bond remit à sa ceinture le revolver fumant et entraîna Honey. Ils s'engouffrèrent dans le tunnel latéral.

— Je suis désolé, Honey, dit-il. Je ne pouvais pas faire autrement.

— Ne soyez pas stupide, dit Honey.

On n'entendait pas d'autre bruit que le frôlement de leurs pieds nus sur le sol. L'air était frais. Bond avançait comme un automate. Il avait mal partout. Son esprit était tendu, tout entier concentré à supporter la souffrance et à prévoir les difficultés qui l'attendaient au bout du tunnel. Il se demandait si les coups de feu avaient été entendus. Il aurait été bien incapable de le dire. Son seul plan était de tirer, sans sommation, sur toute personne qui lui barrerait le chemin et qui l'empêcherait d'atteindre le garage et le « dragon » amphibie du Dr No.

C'était leur seul espoir de gagner rapi-

dement la côte. Derrière lui, Honey hale-
tait. Bond s'arrêta.

— Pardon, James, souffla-t-elle, mais je
n'en peux plus...

Bond la serra contre lui et dit, d'une voix
anxieuse :

— Vous n'êtes pas blessée, au moins ?

— Non, dit-elle. Seulement très très fa-
tiguée. J'ai les pieds tout écorchés. Si nous
pouvions marcher un peu... Nous y sommes
presque. Un peu plus loin, il y a une porte
qui conduit au garage. Est-ce que nous ne
pourrions pas passer par-là ?

— C'est exactement ce que je cherche,
dit Bond, tout excité. C'est notre seul espoir d'en sortir. Si vous pouvez tenir le
coup jusque-là, nous sommes presque sau-
vés.

Bond la prit par la taille et la soutint. Ils
se remirent en marche. Le visage de Bond
grimaçait sous l'effort et les pieds d'Honeychile laissaient sur le sol des traces sanglantes. Presque tout de suite, ils arrivèrent à une porte de bois qui s'ouvrait dans
le mur du tunnel. Elle était entrebâillée et
on n'entendait aucun bruit.

Bond sortit son revolver et, du pied, poussa
la porte. Le long garage était vide. Sous les
lumières au néon, le dragon noir et or bril-

lait comme un char de carnaval. Il était rangé face aux portes coulissantes et la cabine était ouverte. Bond fit des vœux pour que le réservoir fût rempli et pour que les mécaniciens eussent eu le temps de réparer le monstrueux engin.

Brusquement, à l'extérieur, on entendit des voix pressées. Plusieurs hommes parlaient. Bond prit Honeychile par la main et se mit à courir. Il n'y avait qu'un seul endroit où se cacher : dans le dragon lui-même. Honey s'y engouffra. Bond suivit, fermant doucement la porte derrière lui. Ils s'accroupirent, haletant. Bond pensait : « Je n'ai plus que trois balles. » Les voix étaient toutes proches. La porte coulissa, et une conversation confuse leur parvint.

— Comment sais-tu qu'ils tiraient ?

— J'en suis sûr. Je m'y connais, quand même !

— Alors il vaut mieux prendre des armes. Prends ça, Lemmy. Et toi le colt, Jo. Et puis des grenades. On ne sait jamais... La boîte est sous la table.

Il y eut des bruits métalliques.

— Il y a un gars qui a dû devenir dingue. Ce n'est tout de même pas ce crétin d'Anglais. Il est sûrement mort... Tu n'as jamais vu l'énorme pieuvre, dans la crique ?... Elle a dû se régaler... Il est fortiche, le Docteur, quand même !

— Et la fille ? demanda Jo. Il ne doit pas en rester grand-chose. Est-ce que quelqu'un y est allé, ce matin ?

— Non, firent les voix en chœur.

— Ah ah, j'aurais bien voulu être un crabe ! ricana Lemmy.

— Ça va, allons-y, dit une voix. Avançons deux par deux jusqu'au tunnel principal. Qui que ce soit, tirez aux jambes. Même un dingue, il vaut mieux le ramener vivant. Le Dr No sera content.

Bond retint sa respiration. Allaient-ils remarquer que la porte du dragon était refermée ? Mais non. Ils entrèrent dans le tunnel. Le bruit de leurs pas décrut et s'éteignit.

Bond toucha le bras de la jeune fille et mit un doigt sur ses lèvres. Tout doucement, il ouvrit la porte et écouta encore. Satisfait, il sauta sur le sol. Aucun bruit ne venait du tunnel. Avec précaution, Bond ferma la porte d'accès, à double tour. Puis il alla au râtelier d'armes et s'empara d'un autre Smith and Wesson et d'une carabine Remington. Il s'assura que les armes étaient chargées et les tendit à Honey. Puis, toujours sans bruit, il fit coulisser la porte du garage et grimpa dans la cabine du dragon. Il s'assit sur le siège du conducteur et jeta à Honey :

— Fermez la porte de derrière... Vite !

Alors il tourna la clef de contact. L'aiguille de la jauge était au maximum. « Pourvu que ça démarre vite ! Il y a des diésels qui sont très longs à partir. » Il tira sur le starter. Le bruit du moteur était assourdissant. Il sembla à Bond qu'on l'entendait dans toute l'île. Le moteur cala. Les mains moites, Bond recommença. Cette fois, le moteur répondit. Bond débraya et passa une vitesse, au hasard, en douceur. Ça marchait. D'émotion, il faillit lâcher.

Ils étaient sur le chemin. Bond avait le pied à fond sur l'accélérateur.

— Est-ce qu'on nous suit ? hurla-t-il, pour dominer le bruit du diésel.

— Non... Attendez !... Je vois un homme qui sort des huttes. Un autre... Ils gesticulent, ils crient en regardant vers nous. En voilà un qui sort avec un fusil... Il tire sur nous.

L'aiguille du compteur indiquait quarante-cinq à l'heure. On ne pouvait guère espérer mieux, avec cet engin. Une balle ricocha sur la cabine, puis une autre.

— Pouvez-vous jeter un coup d'œil, Honey ?

— Ils ne tirent plus, mais ils sont toute une foule. Ils... Je crois qu'ils viennent de lâcher les chiens, tout seuls, sur notre trace. Dites, ils ne vont pas nous dévorer ?

— Ne vous en faites pas pour les chiens, dit Bond, continuons... Quand je m'arrêterai, j'en tuerai un et toute la meute s'empressera de le dévorer.

Il serra Honey contre lui, et hurla, encourageant :

— Nous y arriverons ! Il y aura une panique quand ils découvriront que No est mort, et ils n'auront plus d'autre idée que d'essayer de déguerpir. Ils ne s'occuperont pas de nous, j'en réponds... Nous atteindrons la côte dans une heure. Le temps est parfait. Et cette nuit, nous repartirons pour la Jamaïque. Pourrez-vous tenir ?

— Bien sûr, James. Mais vous ? Qu'est-ce qu'ils vous ont fait ?

— Je vous raconterai ça plus tard... Mais, dites-moi, comment se fait-il que les crabes ne vous aient pas dévorée ?

— Voyez-vous, dit Honey, le Docteur No croyait qu'il savait tout. Au fond, ces crabes noirs lui faisaient beaucoup plus peur qu'à moi... Et il ne savait pas que ces animaux préfèrent de beaucoup les plantes et les algues à la chair vivante... Bien sûr, si j'avais eu des blessures, ç'aurait été une autre histoire. D'ailleurs, dit-elle en lui pressant la main, si je me suis évanouie au dîner, c'est que j'avais bien plus peur de ce qui vous attendait.

— Si seulement j'avais su ça plus tôt ! gémit Bond. Je me serais fait beaucoup moins de bile.

— Evidemment, dit Honey, ce n'était pas une partie de plaisir. Ces sales types m'ont mise toute nue et m'ont liée par terre. Mais ils n'ont pas osé me toucher. Ils riaient bêtement et faisaient de grosses plaisanteries. Et puis ils m'ont laissée toute seule... Je pensais à vous et au meilleur moyen de tuer le Dr No. Les crabes ont commencé à arriver en rangs serrés. Je suis restée immobile jusqu'au matin. Ils finissaient par bien me plaire, ces crabes. Ils me tenaient compagnie... A l'aube, j'ai commencé à tirer sur mes liens et j'ai réussi à dégager ma main droite. Le reste a été facile. Je suis allée jusqu'aux huttes. Tout le monde dormait encore. J'ai fureté. Dans le garage, j'ai trouvé ce costume dégoûtant, mais c'était mieux que rien... Et je me suis engouffrée dans le tunnel, parce que je pensais qu'au bout il y avait le Dr No, et que la seule chose qui comptait pour moi était de le

tuer, pour vous venger. Voilà, je vous ai
tout dit.

Elle se serra contre Bond.

— Mon chéri, chuchota-t-elle, j'espère que
je ne vous ai pas fait trop mal quand je me
suis battue avec vous, c'est ma nourrice qui
m'a dit qu'il fallait frapper là.

Bond éclata de rire.

— C'est bien ce que j'ai toujours pensé...
Votre nourrice était une femme parfaite.

Il se pencha et lui posa un baiser sur la
joue.

Le Dragon fit un écart.

Ils pénétraient sous les palétuviers, à
l'entrée de la rivière.

XX

— Comment? disait le gouverneur, les yeux exorbités. Vous êtes bien sûr de ce que vous avancez?

Le malheureux avait un regard traqué et plein de reproche. Visiblement, il admettait mal que des choses pareilles eussent pu se passer sous son nez, dans une des dépendances de la Jamaïque. Lui qui était au seuil de la retraite et dont la devise était « Surtout, pas d'histoires », il risquait d'être blâmé publiquement par le *Colonial Office*. Il croyait voir déjà la longue enveloppe bleu pâle, marquée de la mention « urgent et personnel ». Il l'ouvrirait en tremblant et lirait ces mots : « Le Secrétaire d'Etat me prie de vous exprimer son extrême surprise... »

— Monsieur, dit Bond d'une voix sèche, je n'avance rien qui ne puisse être contrôlé.

Il n'éprouvait aucune sympathie pour le gouverneur et n'avait pas oublié la réception plutôt fraîche que le haut fonctionnaire lui avait naguère réservée. De plus, Bond avait peine à pardonner au gouverneur ses commentaires médisants sur Strangways et sur Mary Trueblood, surtout maintenant qu'on savait que leurs deux corps gisaient au fond du réservoir Mona.

— Avant tout, disait le gouverneur, pas de scandale ! Surtout pas de scandale !... Et pas un mot à la presse. C'est bien compris ?... J'enverrai mon rapport au Secrétaire d'Etat par la prochaine valise. Puis-je compter sur votre discrétion ?

— Si je puis me permettre, Monsieur, interrompit le général chargé de la défense des Caraïbes, je serais d'avis de passer immédiatement à l'action, sans attendre les instructions de Londres. Nous avons sous la main le *Narvik*. Je propose que nous appareillions immédiatement pour Crab Key.

— Je suis entièrement d'accord avec le

général, Monsieur, dit le chef de la Police. Comme nous le disait très justement le commandant Bond, la plupart des gangsters ont probablement dû essayer de rejoindre Cuba. Il faut ratisser la place dans les plus brefs délais. Et entrer en contact avec La Havane, pour demander l'extradition de ceux qui ont réussi à s'enfuir.

— Je tiens à souligner, dit Pleydell-Smith, prenant la parole pour la première fois, l'admirable conduite du commandant Bond. Il me semble que nous ne pouvons faire mieux que de suivre les conseils qu'il nous donne, c'est-à-dire de gagner Crab Key au plus vite et de faire toute la lumière sur cette affaire. Le commandant Bond nous a mâché la tâche. Il a fait à lui seul les trois quarts du travail. C'est bien le moins que nous le finissions.

— Je vois, Messieurs, dit le gouverneur, que vous êtes tous d'accord. Eh bien je me rends.

Puisqu'il ne pouvait pas faire autrement, mieux valait tirer le meilleur parti de la situation. Habilement sollicités, les journaux pourraient faire leur petit effet : « LE GOUVERNEUR PREND DES MESURES ENERGIQUES », « L'HOMME

FORT DE LA JAMAIQUE RENVERSE LA SITUATION », « LA MARINE ARRIVE »...

— Messieurs, poursuivit-il, je me fie à vous pour le plan d'opérations, et je vous remercie de votre concours.

Il se leva, agita gracieusement les mains et disparut.

— : —

— Vous avez vu comme le vieux singe a retourné sa veste ? disait Pleydell-Smith à Bond.

— Je vous remercie de votre aide, dit Bond brièvement. Et maintenant, je crois que je vais repartir pour Beau Désert.

— C'est de la folie ! s'écria Pleydell-Smith. Ils ont bien précisé, à l'hôpital, que vous en aviez au moins pour une semaine.

— Eh bien, j'y retournerai demain, dit Bond. Mais, avant tout, il faut que j'aille voir si la jeune fille va bien. Avez-vous envoyé mon télégramme à Londres ?

— Oui, dit Pleydell-Smith. Et il récita textuellement : *Navré devoir demander nouveau congé maladie — stop — rapport médical suit — stop — vous prie informer maître-armurier que le Smith and Wesson totalement inefficace contre lance-flammes.*

Bien sûr, ça ne plairait pas beaucoup à « M », mais Bond avait toujours sur le cœur la fameuse « cure de repos ». Il pourrait toujours s'excuser par la suite, dans son rapport.

— Je voudrais, dit Bond, se lançant à l'eau, vous demander quelque chose. Voyez-vous, dit-il d'une voix très embarrassée, cette jeune fille, Honeychile Rider, est vraiment une fille très bien. L'histoire naturelle n'a pas de secret pour elle... S'il y avait moyen de la faire affecter à l'Institut de la Jamaïque, j'en serais personnellement enchanté... J'aimerais la savoir casée. D'abord, je vais l'emmener à New York, moi-même, pour faire arranger son nez cassé. Dans quinze jours ce sera chose faite. Si vous pouviez, à son retour, vous occuper un peu d'elle, vous et votre femme... C'est vraiment, conclut-il, en se raclant la gorge, quelqu'un de tout à fait bien.

— Je vois, dit Pleydell-Smith pudiquement... Vous pouvez compter sur nous.

— Merci, dit Bond. Merci pour tout.

Il fit un geste de la main et monta en voiture. Il n'avait qu'une seule envie : rejoindre Beau Désert au plus vite, et fuir tous ces gens trop aimables, qui l'agaçaient un peu.

Tout en roulant, il revivait le retour de Crab Key à la Jamaïque. Tout s'était bien passé. Personne n'avait essayé de les arrêter. Il s'était débarrassé des chiens, et le reste n'avait pas posé de problème. Honey avait pratiquement passé toute la nuit à la voile. Il n'avait même pas eu la force de discuter avec elle. Il s'était écroulé au fond du bateau et s'était endormi comme une masse.

Et maintenant il allait la revoir. Son pied écrasait l'accélérateur, et le vent sifflait « Honey, Honey »...

A Beau Désert, un message l'attendait. Une feuille de papier, couverte d'une grosse écriture enfantine, toute ronde : « Je reviens tout de suite, je suis avec mes bêtes. N'oubliez pas : ce soir, vous restez avec moi. Vous avez juré craché. Je serai là à sept heures. Votre Honeychile. »

Sur la pelouse, l'ombre venait. Bond en était à son troisième bourbon quand Honeychile parut. Elle portait une jupe de coton rayée blanche et noire et une blouse rose très ajustée. Ses cheveux dorés lui fouettaient la joue à chaque pas. Elle était incroyablement fraîche et belle.

Elle lui prit la main et le guida vers son domaine.

Bond ne savait pas au juste à quoi il s'était attendu. En tout cas, pas à cela : la cave de Honeychile avait l'air d'une grande boîte à cigares. Le plancher et le plafond étaient de cèdre poli, ce qui donnait à la pièce une odeur de bois chaud extrêmement agréable. Les murs étaient tapissés de bambous, et un lourd chandelier d'argent à douze branches dispensait une lumière douce. En haut des murs, trois fenêtres carrées laissaient voir la mer et le ciel. Il y avait peu de meubles, mais ils étaient en acajou. Et sous le chandelier était dressée une table à deux couverts, où brillait l'argenterie la plus fine.

— C'est ravissant chez vous, dit Bond, sans dissimuler sa surprise. Après ce que vous m'aviez raconté, je croyais que vous viviez dans une espèce de zoo.

Honey eut un rire flatté.

— Vous savez, dit-elle, j'ai sorti toute l'argenterie. C'est tout ce que j'ai... Il m'a fallu la journée pour la faire briller. Venez, je vais vous montrer ma chambre... Elle est très petite, mais il y a la place pour deux. J'espère que vous n'avez rien contre un dîner froid. Il y a des homards et des fruits...

Sans répondre, Bond la prit dans ses bras et lui mordit les lèvres.

— Honey, dit-il, vous êtes une fille merveilleuse. Vous êtes une des filles les plus adorables que j'aie jamais connues. J'espère que le monde ne vous changera pas trop. Etes-vous vraiment sûre de vouloir cette opération ?

— Ne parlons pas de choses sérieuses ce soir, dit Honey, en fronçant comiquement les sourcils. C'est ma nuit avec vous. Parlez-moi d'amour, vous voulez bien ?

Bond s'assit.

— Oui, je veux, dit-il.

Il la regarda ; elle rougit. Ses yeux bleus, aux chandelles, étaient irrésistibles. Sa bouche pleine tremblait d'impatience et de désir.

— Vous tenez vraiment à manger, Honey ? dit Bond d'une voix rauque.

Au-dessus d'eux, les chandelles se mirent à danser. Soudain, Honey se dégagea. Sans un mot, elle défit sa blouse et la laissa tomber à terre. Puis sa jupe. Elle se pencha vers Bond, le prit par la main, le forçant à se relever. Un par un, elle déboutonna les boutons de sa chemise et la lui ôta.

— Venez James, souffla-t-elle.

Elle l'entraîna dans sa chambre. Sur le lit, il y avait un grand sac de couchage ouvert. Elle lui lâcha la main et se glissa dans le sac.

Elle leva les yeux vers lui.

— Vous savez, je l'ai acheté cet après-midi... C'est un sac de couchage double, ce qui se fait de mieux... Ça m'a coûté les yeux de la tête. Venez. Vous avez promis, James.

— Juré craché, dit Bond en se penchant sur elle.

— Vous avez promis, James. Vous êtes de corvée !

— Mais...

— Obéissez !

ACHEVÉ D'IMPRIMER LE
25 JUIN 1965 SUR LES
PRESSES DE L'IMPRIMERIE
BUSSIÈRE, SAINT-AMAND (CHER)

— No d'édit. 8952 — No d'imp. 1776. —
Dépôt légal : 1er trimestre 1964
Nouveau tirage juin 1965

Imprimé en France

ANTOINE LE VERTUEUX
ET
LE VERTUEUX A TOUS LES VICES

"Cet Antoine, truand converti à la vie bourgeoise qui reprend du service par point d'honneur et organise un hold-up stupéfiant, est, après César, le personnage le plus haut en couleur du folklore marseillais, Et Audouard est, à sa manière, entre Simonin et Pagnol, un merveilleux écrivain".

BOILEAU NARCEJAC (L'Express)

EAN LABORDE

CALINE OLIVIA

NE CHARMANTE ESPIONNE, A MI-CHEMIN DU
ENTAGONE ET DE LA CITE INTERDITE DE PEKIN.
 ROMAN SERA BIENTOT PORTE A L'ECRAN.

SPIONNAGE

S.A.S. à ISTANBUL

GÉRARD DE VILLIERS

Son Altesse Sérénissime le prince Malko Linge, prince du Saint Empire Romain Germanique - S.A.S. pour ses collègues des services américains - est un agent secret qui ne ressemble à aucun autre. C'est un grand seigneur que la guerre a ruiné, ne lui laissant en Autriche, qu'un château à la toiture accueillante et aux salons pluvieux : il s'agit de restaurer tout cela aux frais de Washington ! Même dans ses activités les plus surprenantes, S.A.S. reste un homme de bonne compagnie, ne porte pas d'arme à feu et n'étrangle ses adversaires que lorsqu'il ne peut pas faire autrement. Mais ceux-ci n'ont pas de chance : il leur arrive quand même de faire des fins prématurées.

Dans la série
James Bond

ESPIONNAGE

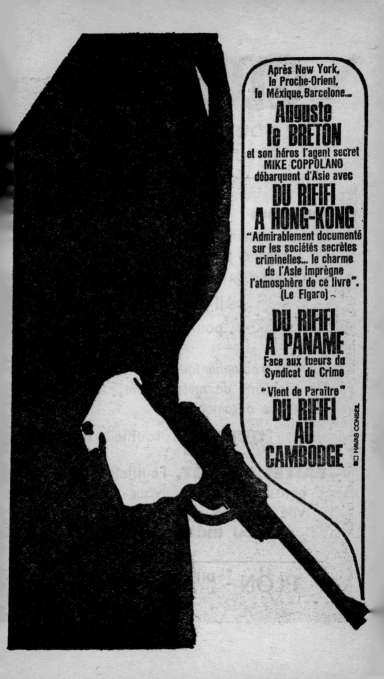

au format de votre poche

ENCYCLOPÉDIE ANNUELLE
réalisée par Dominique FRÉMY

QUID? n'est ni un Dictionnaire, ni un Annuaire, ni un Memento...
ou alors il est tout cela à la fois.

QUID? est un ouvrage de référence moderne qui répond à tout,
et traite de tout. De ce « tout » dont on a besoin tous les
jours chez soi, au travail, en voyage.

QUID? vous permettra de prendre part à toute discussion politique,
économique, scientifique, technique, littéraire, artistique,
sportive, de vérifier en un clin d'œil vos connaissances...,
et celles des autres, en un mot, d'être sur tout le plus
« au fait ».

QUID? répond

aux questions les plus inattendues

Comment devient-on chevalier de la Jarretière ?
Quelle est la « capacité crânienne » d'un chimpanzé ?
Combien coûte un rhinocéros ? Combien vaut la Jo-
conde ? Quel est le record du froid ? Combien serons-
nous en l'an 2000 ? Quel âge a Brigitte Bardot ? Les Français sont-ils mal payés ?

comme à des milliers d'autres

Quelles sont les dimensions du Parthénon ? Quelle
est la famille noble la plus ancienne ? Quel est l'animal le plus rapide du monde ?

QUID?

sait tout sur tout